故乡风月

苏长兵　著

合肥工业大学出版社

图书在版编目(CIP)数据

故乡风月/苏长兵著. --合肥:合肥工业大学出版社,2025.6.
ISBN 978－7－5650－7189－8

Ⅰ.I267

中国国家版本馆 CIP 数据核字第 20250EL478 号

故 乡 风 月

GUXIANG FENGYUE

苏长兵 著

责任编辑	疏利民(24 小时咨询热线 13855170860)	
出 版	合肥工业大学出版社	
地 址	(230009)合肥市屯溪路 193 号	
网 址	press. hfut. edu. cn	
电 话	理工图书出版中心:0551－62903018	
	营销与储运管理中心:0551－62903198	
开 本	880 毫米×1230 毫米　1/32	
印 张	10	
字 数	192 千字	
版 次	2025 年 6 月第 1 版	
印 次	2025 年 6 月第 1 次印刷	
印 刷	安徽联众印刷有限公司	
书 号	ISBN 978－7－5650－7189－8	
定 价	48.00 元	

如果有影响阅读的印装质量问题,请与出版社营销与储运管理中心联系调换。

推荐序
我心里的村庄 | 刘为民

　　在我看来，这个世纪发生在中国广袤土地上最伟大的一件事莫过于乡村振兴了。我少小时离家，幼时形成的对村庄的印象已经十分模糊，每每提及"村庄"二字，浮现于我脑海中的更多的还是村头的枯树、斑驳的地面、飞扬的尘土和夏虫的低鸣。

　　前年夏天，我随长兵一起回到他的老家枞阳县梅花村束家园，又有了一次和村庄零距离接触的机会。如今的乡村已经发生了翻天覆地的变化，杨柳成荫，竹林婆娑，洁净的柏油路在夏日阳光的映照下通向村庄的幽深处。自来水、垃圾桶、抽水马桶，这些彰显人类社会现代生活文明的印记在今日乡村里处处有迹可循。站在村边的柏油小路上，偶尔会有一辆汽车从身边飞驰而过，留下一溜尾烟后消失在绿荫之中，周围的一切又随之归于幽静。村庄已不再有幼时镜像里的人声鼎沸和热闹喧嚣，在绿树掩映之下多少透着几分寂寥与落寞。

村庄自古就是人类聚落地，是走向高级聚落——城市聚落的必经形式，是几千年农耕文明的传承缩影。村庄的本质在于村庄里的人和土地资源的关系，在于村庄里的人与人之间的关系。我想，真正的情感，不过是自主意识的寄生，对村庄的情感亦是如此。每个人心里都有一个属于自己精神世界的村庄，由其出生以来的周围环境投射而成，由其自主意识进化而成，但每个人心里的村庄又各有不同。不会说话的村庄，实际上是人间生灵的投影。村庄的画面是丰富的，村庄尽头的大树从钻出绿芽到枝枯叶落，周而复始，展示着四季的轮换，这是村庄；村庄里的乡亲从青春至衰老，由荣至萎，实则生命的规律与进程，这是村庄；村庄里的各类农作物就是大自然的温度计和晴雨表，春华秋实，将生命的灵动和变迁忠实地投射于土地之上，这是村庄；村庄里的红白喜事，人情往来，节日习俗，诠释着物质贫乏的历史时期里人们之间的朴素情感，几乎都可以从村庄的缕缕炊烟中陈列出庄重的仪式感，这也是村庄。心外其实是无物的，万事万物皆在人的内心。村庄默默地伫立在那里，千百年的变迁，千百年的传承，让人感受的是自然和人类在静默中隐忍的力量。

历史上桐城与枞阳本是一县，我和长兵是地地道道的同乡，又是相处二十余年的灵魂挚友。相近的生活经历、相近的教育背景、相近的思维方式和价值观念，决定着我们心里的村庄几无二致。长兵弟是个清澈、清心、清欢之人，才思敏捷，洞察力极强，不仅是优秀的写作者，更是睿智的思想者。在我的感知里，文章从来都是思想显性化的产物。这本散文集《故乡风月》立意在作者对生活生命的体认之上，不仅仅是他对村庄生活的情绪体验，也是他对村庄文化、乡土文化的深度理解和思考，更是他多年来矢志不移地向内修行的精神成果。

村庄意味着播种与收成。辛勤而地道的先辈们在自然意志的阴晴不定里不辍劳作，踩着大地的鼓点，向苍天要收成，在年复一年的耕耘里演绎着春华秋实的铁律。《田园里的老丝瓜》《竹园里有棵柿子树》《母亲的菜园地》《充满爱的后备箱》所寄托的情感固然各有不同，但从托物言志的角度来说，无不折射出朴实的父母在蓝天下描绘的绿秧成行、瓜果累累的生机盎然。全书中不时出现的农谚，诉说了作者对耕耘及收获的敬畏之心。勤劳的农人于春天播种，于秋天收获，收获的既是大地的馈赠，也是生命的图腾。早年间，张明敏唱过一首歌，歌名叫《垄上行》，"我从垄上走过，垄上一片秋色，枝头树叶金黄……农夫忙收割，微笑在脸上闪烁……"春的生机勃勃，秋的无上清凉，美丽的村庄，泥土芳香。夜晚从垄上走过，蛙声一片，各类农作物在希望的田野里星罗棋布，静静地各居其所。这是村庄的缩影，也是村庄的故事。

村庄意味着故人和亲人。如今的村庄已物是人非，可记忆仍然深深地镌刻在心里。我和长兵一样，喜欢追忆小时候的时光，也总是把亲情当作信仰。即便幼年时期物质十分匮乏，清贫和拮据是生活常态，也总能在"糖溜蛋""做弯""借盐"中体验到温暖和乐趣。《黑芝麻糊》《清苦的外婆》《父爱如山》《父亲的烟味》《压岁钱》《灶台》等篇字里行间饱含着对逝去的亲人的怀念和对健在亲人的珍惜。儿时的记忆其实是我们的本心，追忆追思和亲人们过往的生活点滴，何尝不是热爱生命的一种表现？一定意义上说，村庄比人强，见与不见，世世代代它都在那里，而人的生命一旦凋零，便无再生的可能。亲人、故人、邻人就是我们的世界，身边的人渐渐离去，我们的世界也终将消失。长兵每次回到老家，都会在团结圩里散步，什么都可以想，什么都可以不想，也许是心灵的放空，也许是长期置身于喧嚣之后品味难得的恬然和静默。工业文明的物质性湮灭了人的心灵，物欲放纵的结果使物质成了专横跋扈的主人。如果我们间或放慢脚步，体会一下农闲时节村庄里悠闲自在的生活节奏，内心自然会有另一番景象。

村庄意味着人情与仪式。村庄聚落是由各种要素组成的固定居民点，免不了人情往来，免不了家长里短。就茫茫尘世而言，个体永远是卑微、弱小的，个体之间只有达成关爱、友善、信任、同情，群体才能和谐地整合，才能迸发出强大的生存力和创造力。村庄是人类社会追求群居的产物，村庄里的人基于乡土文化和亲缘关系的情感交互，自然生长出健康理性的文化价值。《借来借去的岁月》《那些没有油水的日子》《滚铁环》《家里来了客人》等篇通过递香烟、待客吃饭等等日常生活细节，生动展现了村庄里浓浓的邻居情和乡亲情。走在村庄的小路上，走在乡间的田野里，熟悉的面孔，热情的问候，淳朴的民情热气腾腾，体验的是一种无价的情谊和幸福。《消逝的乡村电影》《压岁钱》《农家的腊八》《拜新灵》《我的春节和清明》等篇反映了家乡人们的生活状况、思想感情，既是生动形象的历史记忆，也是乡土文化的精华，更是民间的生活仪式。

民俗从来就是中国传统文化价值观的文化因子，生长于各种民俗之上的生活仪式，也给人们带来了诸多的生活情趣，乃至对生活的希望，对生命的敬畏。我和长兵的老家相距不过二十公里，风土人情，生活习俗几乎完全一样，所以我对长兵细腻的心理体验感同身受。张爱玲说，生活需要仪式感，仪式感能唤起我们对内心自我的尊重，也让我们能更好、更认真地去过属于我们生命里的每一天。无从揣测长兵对生命价值的深层次思考，在我看来，作者所要表达的更多的是敬畏生命、热爱生活的仁者情怀。

"文化"这个词，当下的使用有泛滥之嫌。也许是对这种泛滥矫枉过正的缘故，一段时间以来，又出现了另外一种怪现象，为了不致落下附庸风雅的评价，人们都在有意无意回避"文化"这个词。在我看来，文化本就是人类精神文明的表现形式，是确确实实存在的，没有必要为了免受指摘而去回避它。窃以为，《故乡风月》描述的绝非一个具体村落的物理存在，也非单单对思乡之情的直抒胸臆，它的可贵之处恰恰在于对乡土文化、村庄文化、农耕文化的深入思考，而这种思考对处于闹市喧嚣中的我们，无疑会带来有价值、有意义的启示。

我是一名律师，法律职业者的特定从业思维方式是法律思维，重在逻辑，重在规范，自觉文字功底平平，人文情怀泛泛。或许是基于兄弟情谊所产生的信任，或许是基于彼此了解所产生的共情心，长兵弟委托我写序，深感登高履危，惴惴然，读后谈谈个人的一些感受。是为序。

作者简介

刘为民，安徽桐城人，安徽安泰达律师事务所主任，民建中央企业家委员会旅游组成员，受聘担任安徽省文化和旅游厅、合肥市文化和旅游局、九华山风景区管委会等数十家文旅行政机关和企业常年法律顾问。曾任安徽省人大常委会城建环资委立法顾问、皖西学院客座教授。主持、参与"安徽省旅游条例修订立法研究""安徽省旅游条例解读"等课题研究。

自序

一个人的村庄 | 苏长兵

　　我的老家在安徽省中南部的枞阳县，长江下游北岸。这里素有"诗人之窟、文章之府、气节之乡"的美誉，历来文风昌盛，名家辈出，而且一直绵延不断，大有发扬光大之势。

　　这里一直还保留着一些很特别的待人接物的风俗。比如，家里来了客人时，主人会快速地泡上一杯茶端上来；在路上遇到熟人的时候，年轻一些或者辈分低的人会利索地从口袋里掏出烟来，主动递上一支。我把家乡这两种风俗连在一起，总结为通俗的一句话，叫"来人一杯茶，见人一支烟"。正因为如此，虽然我不抽烟，但每次回老家时，我都会在口袋里揣上一包烟。

　　每次回老家进了村庄，遇上熟人，我总会停下车来，打个招呼；如果是男性，我也会主动递上一支烟。我知道抽烟是个不健康的行为，但我发现，这确实又是个融洽关系最有效的方式，即便遇上少数不抽烟的人，人家也绝对不会怪罪的。在我看来，我回去时遇上的任何一个人，都有足够的资格代表着我的家乡，因为他们一直生活在这里，土生土长，几十年来，乡音未变，习性未改。

　　近些年来，我的母亲一个人住在老家，所以我回老家比以往频繁了。我渐渐地发现了一个细微的变化：每次回去新拆开的一包烟，递出去的数量越来越少了；尤其是最近两年回去，我也和往常一样，习惯于在庄子里溜一圈，但常常只递出去一两支烟。

　　前些天，我又回了趟老家。这次，一支烟都没有散出去。庄子上的人家，很多都是大门紧锁的，年轻人都到很远的城市里务工去了，留下来的十几位老人都到田间干活去了。我在庄子上溜一圈回到家里，从口袋里掏出烟盒，放在桌子上，看着这包完整的烟盒，我的心里突然有着一丝淡淡的忧伤与失落。

　　一次闲聊中，庄子里一位老长辈对我说："你们小的时候，家家都守着一亩三分地，你们在家门口上学，大人们都在家附近干活，日子虽然穷酸，但一天三顿饭，还热闹得很。现在生活不愁了，但反而不讲究了，有的一个老人在家的，有时吃一顿饭管一天。这些年村子里建设是好了，路修通了，路灯也亮了，家家新楼房也都盖了，但是留不住人啊，越来越没有人愿意待在家里插田种地喽。"

这是一种很普遍的现象。如今，村庄建设越来越好，马路也宽阔起来了，村容村貌也改变了很多，但村庄里的人却越来越少了。庄子里的年轻人，有稳定工作的，大多在工作的城市买了房子，定居下来了；常年在外务工的，多数也在几十里路外的县城买好了房子，这是他们未来养老的"家"；而他们的孩子将来住在何处，是个不定数，只是几乎可以肯定的是，他们是不会回到这个村庄了。只有等到年关的时候，这些人才会带着孩子从四面八方回到村庄里来，陪空巢老人过个年；过了正月初五六，他们又迅速地走了。年迈的老人们很无奈，但也都渐渐地习惯了这样的生活。

我经常在想，一个没有人、没有烟火、没有禾苗、没有小鸡小鸭和小猫小狗的地方，还能叫"村庄"吗？

"来人一杯茶，见人一支烟"，我挺怀念旧时的这种生活。当我在庄子上溜达一圈一支烟都散不出去的时候，我多少是有些心痛和伤感的。唐代诗人贺知章在《回乡偶书》中写道："少小离家老大回，乡音无改鬓毛衰。儿童相见不相识，笑问客从何处来。"诗人感叹说，在风华正茂时离开家园，回到家时已是两鬓苍苍，家乡的孩子们都已经不认识他，把他当成外来之客了。我非常理解这份焦灼与无奈的情感。时光易逝，世事沧桑，面对着熟悉事物的消逝，谁又能无动于衷呢？

我在枞阳下面的一个小村庄里出生、长大，工作之后才在另一个城市里定居、生活，我对生我养我的故乡一直充满着深厚的情感，这常常让我感到无比自豪，而且让我在成长的路上充满自信。这几年来，我常常回到那里，并用我这颗敏感而脆弱的心和一支笨拙的笔，记下了一点与故乡、与村庄、与乡土、与乡愁有关的文字，有过去的回忆，有当下的记录，有发自内心的欢喜，有物是人非的感慨……我把它们整理成文集，起了一个有点诗意的名字，叫《故乡风月》，也是想表达对故乡的一种怀念吧。

每一个人都有一个"故乡"，物质上的或者精神上的，或者二者皆有。我们在那里出生，在那里长大，在那里度过了难忘的童年时光。那些人、那些事、那些场景，早已如烟般消散而去了，但他们仍然历历在目，如影随形。那里是我们生命的源泉，那里蕴藏着源源不断的力量，无论何时，无论走到哪里，想到心头的那个故乡，我们的心就能很快安静下来，就能一下子澄明起来。

往后，我还会常常回到那里，我依然会随身带上一包烟。遇见熟人时，我会主动递上一支，这是村庄留下来的习俗，也是我与故乡的约定。我希望那里老人很多，中年人很多，年轻人很多，小孩子也很多；我希望那里风调雨顺，人声鼎沸，炊烟袅袅，鸡鸣狗叫；我希望看到有人在田间锄草，有人在地里割麦子，有人在村口溜达，有人在河边洗衣裳，一切都是忙碌而又闲适的样子。

但我是清醒的。我知道，未来有一天，那里真的会只剩下一个人，真的成了一个人的村庄，甚或一个人都没有了。但正是因为我对那里有着深深的热爱和眷念，所以我又完全相信，那个村庄从来就没有消逝过，而且永远也不会消逝，因为那里是我的故乡。她一直在那里，风月依旧，我能看得见，也能感受得到。

甲辰年秋分于合肥知鱼工作室

目　录

辑一

故乡风月有谁争

辑二

倚月思乡月无言

辑三

羁人又动故乡情

辑四

却恨莺声似故山

辑五

望极天涯不见家

辑六

明年春水共还乡

辑一 故乡风月有谁争

　　面对故乡，不知怎的，我却常常有着几分说不清、道不明的情愫，如鲠在喉，吞不下，又吐不出。它明明真真实实地存在，却又若有若无，既没有办法静心地住下来，又没有办法安心地放下来。

有朋来远方　汪晓彬画

故乡风月有谁争

　　我每次回到村子里，乡亲们都非常惊喜地看着我打招呼："回来啦！"他们就像对待久别重逢的亲人一般；我也总会放慢脚步，递上一支烟，和他们寒暄几句。

　　这些年来，村子里的年轻人基本上都是过了正月初七八后，就陆陆续续地外出打工去了，留在村子里的大多是六十岁以上的老人和极少数被丢在家里读书的孩子。

　　年富力强的年轻人如果不出去，守着家里的几亩田地，一年到头也挣不了几个钱，这是要被人说道的；到外面务工，好歹吃喝之外还能积攒一点，勤快、灵活的人，一年下来，还能积累一笔相当多的财富。年中他们基本上是不回来的，只有在腊月二十左右，才带着对家的挂念，纷纷地挤在返乡的人流中往回赶。

　　门口的田地荒芜了不少，老人们虽然拼尽了全力，也干不动那么多。如果身体不好，更是无心顾及，只能任其荒废。儿女们会在过年回来的时候给老人们一点钱，平时偶尔也会打个电话回来，嘘寒问暖几句；除此之外，再也不能做什么了。

　　很多年轻人已经在城里买了房子，也渐渐地学会了普通话，只是还掩盖不了藏在血液里的乡音。老乡们碰到一起时，满口的家乡话便随心所欲地说起来，大家再也不用憋着劲说普通话了，这样浑身都舒服。

　　那天，母亲对我说："你大成叔也在外面买了房子，家里房子都要倒了也不搞，是不准备回来喽。"我常常接着母亲的话茬笑着说："我以后还要回来呢。"母亲说："家里夏天蚊子特别多，你回来喂蚊子啊？"

　　买了房子，落了户，大人有钱挣，孩子有学上，越来越多的年轻人是不想回来了。过年时候回来一趟，那也是因为老人们还在这里。这些上了年纪的老人是不大愿意到城里和孩子们一起住的，我的母亲也是这样。

　　他们一辈子日出而作，日落而息，都习惯了。面对深更半夜还在喧嚣的城市，他们毫无羡慕与向往之意。他们始终认为，这片土地里有他们的根，住在这里的家中，生活与生命才是自由自在的。

　　我有时候一个人在琢磨：我们的孩子还会回去住吗？马上我就否定了。不会，肯定不会，这里是父辈们的家园，是我们的家园，但不会是他们的家园了。

　　和母亲聊天时，聊着聊着，母亲就会说起村子里哪个老人身体又不好了，哪个老人又查出了什么毛病，谁谁谁又吃不下东西了。有时母亲还自言自语地感叹一句："人啊，没有什么名堂。"

　　前几天回家，聊天时母亲突然神情凝重地对我说，猪肉不能吃了，这几天几个村子里的猪全死了，犯猪瘟。我说："不能预防吗？不能治吗？"母亲说："猪瘟来了，那谁有办法呢？好快啊，老猪和小猪一下子死得一个不剩。"我能明显感觉到母亲话语中的惋惜与无奈之情。或许在生老病死面前，缺少知识和文化的乡村人也只能束手无策、听天由命了。

　　父亲和母亲这一辈分的人渐渐地老了，渐渐地没有力量了。在我们年少的时候，他们也是那样的年轻，那样的有力气，扛着一百多斤的稻子，还可以飞快地跑着，这样的场面还常常历历在目。

　　但他们终将离去，没有办法阻挡。而在他们眼里，这似乎也没有什么太遗憾的，生在这里，长在这里，最后消逝在这里，这一切都是最自然不过的事了。

　　而我们，面对故乡，不知怎的，却常常有着几分说不清、道不明的情愫，如鲠在喉，吞不下，又吐不出。它明明真真实实地存在，却又若有若无，我们既没有办法静心地住下来，又没有办法安心地放下来。

　　一年又一年的时光，从这里静静地过去了。爷爷的爷爷、父亲的父亲、父亲，还有我，都曾在这里，用同样的水和同样的柴米油盐生活过。清风吹拂过他们，也吹拂过我们；明月映照过他们，也映照过我们。时间不知过去了多少年，清风依旧，明月依旧。

　　我家周围的几户房屋已经很久没人住了，村子里也越来越安静。那天晚上，我吃过饭，独自在菜园边散步，家里那只小黄狗一直紧跟在我的身后。回头望去，只有几盏昏黄的灯火，在大片的黑夜与树丛之中，忽隐忽现。

　　阵阵清风轻轻吹过我的脸庞，半轮明月孤独地悬在天边，我不禁问自己：一些年后，故乡里的风月，还有谁人来争？

2019 年 7 月 10 日

时光里的故乡

　　十五岁以前，我对故乡的概念是模糊的。在我的心里，故乡只是个家，印象依旧清晰的两间土房子而已。

　　十六岁开始，我就离开了熟悉的家。那年9月1日，新学期开学，父亲带着我，背着一床棉被、一袋大米和一点简单的行李，从束家园走十里小路到麒麟镇，再乘坐两次三轮车，去五六十里路外的浮山镇读高中。

　　第一个周末，家离学校不远的同学都高高兴兴地回去了，我站在宿舍楼门口，默默地看着他们背着包裹阔步离开的背影，想着回不到那两间土房子里，悄悄地流下了眼泪。那是我第一次尝到了想家的滋味，失落、感伤中有些许忧郁。

挨过了整整一个月，终于等来了国庆长假。放学后，我迫不及待地冲到宿舍，拎起头天晚上就准备好的行李，直奔学校门口，挤上了排在最前面的、通往家的方向的三轮车。

二十岁时，我上了大学。家渐渐地远了，故乡便从心底出生了。她像一棵弱小的苗子，隐藏在心底深处，慢慢地探出头来。

再后来，我成了家，在城里有了房子。那一年，父亲离世，母亲从此一个人守着破旧的老房子。从那时起，故乡开始疯狂地从我的心底往外生长、蔓延，越长越大了。

小时候，故乡是束家园。一个行政村下面的一个村民小组，束家园是村民小组当中的一部分。很多年来，这里一直有着一大片茂密的竹园和树林，有一处池塘，有数十亩水田和旱地，住着十几户同姓人家。

高中时，故乡成了乡镇。当年，我在一所省级示范高中读书，同学们来自全县各个乡镇，当彼此问及"你是哪里的"，就自然说到了自己所在的乡镇。虽然都是本县的乡镇，但有些地方我还是第一次听到，很是陌生。

上大学了，故乡就长大成了一座城市。大学时的第一次班级活动课上，老师让我们介绍自己的家乡。我先从市说起，从市说到县城，再从县城说到乡镇，从乡镇说到村庄，最后又说到最深最底处的束家园。

后来，我常常因为出差和旅行到了全国各地，故乡便成了省份。早上起来，到街头的小吃店吃饭，因为口音不同，我常常被人问起来自哪里。我总是骄傲地说起安徽，总会耐心地说起安徽的特色："徽"字是"山、水、人、文"的组合；有时我还嫌不够，又不厌其烦地解读："徽"字上面是"山"，下面是"水"，左边是"人"，右边是"文"，生怕人家不知道。

我也偶尔去过几趟国外，故乡便成了一个国家。

如今，故乡是一种情感，是一种情结，是心中的家。

所以，几千年来，思乡是亘古不变的文学主题。从古至今，无数有情的人将这种情感变成了优美的诗章。

李白面对身后的故乡说，"仍怜故乡水，万里送行舟"；杜甫望着悬空的月亮说，"露从今夜白，月是故乡明"；庾信面对回不去的故乡说，"回头望乡泪落，不知何处天边"；王安石将对故乡殷切的期盼之情写成了"春风又绿江南岸，明月何时照我还"；王维将独在异乡的惆怅之感写成了"独在异乡为异客，每逢佳节倍思亲"。

几千年的乡愁，就这样被凝固在一首首诗里，常常让人忍不住默默地吟诵出声来。

我不会作诗，但思乡之情和古人一样。因为，我也是个游子，一个游离在故乡与亲人之外的孩子。在故乡之外的某个地方，一处风景也好，一种味道也好，一缕炊烟也好，一声乡音也好，常常就能轻易地让人唤起思乡的情意。

　　时光，让一切渐渐变老。故乡和我一起，也慢慢地老去，渐渐地没有了形状，只有一份越来越浓厚、越来越纯真的感情。朝夕相伴的亲人、成群结队的同学、天真无邪的玩伴，这些组成故乡的重要元素，如今早已分散在天涯各方，渐行渐远。

　　朴树唱过一首歌，叫《那些花儿》，他在歌中平等、谦和、轻盈地向我们倾诉：那片笑声让我想起，我的那些花儿/在我生命每个角落，静静为我开着/我曾以为我会永远，守在她身旁/今天我们已经离去，在人海茫茫……

　　也许这是一首很单纯的情歌，但我每每哼起时，依然想起了故乡，想起记忆中故乡里的那些人，那些事，那些被吹散、再也回不去的情景与心境，他们也像"那些花儿"一样，被风带走，散落在天涯。

　　我常常想起许巍的那首《故乡》，他那动听而又极具穿透力的嗓音，常常不经意间就在我的耳边响起，触动着心底最柔软的地方：天边夕阳再次映上我的脸庞/再次映着我那不安的心/这是什么地方，依然是如此的荒凉/那无尽的旅程如此漫长/我是永远向着远方独行的浪子……

　　我承认，我又想家了。

2020 年 10 月 26 日

故乡里的年味

　　每年的春节，我都会回到老家束家园。束家园里没有高楼大厦，没有车水马龙，也没有灯红酒绿，但有着熟悉的村庄、房屋、田野、竹园和小路。从车子里下来，一脚踏上这片再也熟悉不过的土地的时候，我心中所有的浮华都烟消云散了，心一下子就澄净了，或许，这正是故乡的魅力。

　　故乡里的年味依旧很浓。小年前后，务工的人们大多都从外乡回来了。每年一到腊月，我就喜欢在电话里向母亲打听庄子里谁人已经回来了，母亲会一一告诉我。庄子里就十几户人家，母亲清楚得很。

　　正是这些不辞劳苦从数百上千公里外的异乡赶回来

过年的乡亲们，才让这里一直保持着浓浓的年味。这一代人，在这里出生，在这里长大，后来离开家乡外出打拼，故乡的情结很浓很重。二三十年过去了，离开越久，走得越远，故乡在心里的印象就越清晰，回家的愿望也就越迫切。

今年，庄子里也有少数几户人家，因为各种各样的事情，没有回来过年。正月初一，村子里的人大串门的时候，望着紧闭着的大门上锈迹斑斑的铁锁，大家都关切地问着，我也默默送去心中的祝福，愿他们在他乡过年，一切安好。

在外面赚到钱了，似乎一切都可以买回来，但年味却一丝也买不到，因为年味是独特的，它一定是藏在儿时生活的土地上，藏在乡亲们火热的心中和勤劳的手上；而异乡的热闹里，是不会有他们熟悉的年味的。所以一到年关的时候，庄子里的人们就开始忙碌起来，磨豆腐，炸圆子，煮炆蛋，碾芝麻，做汤圆，杀猪宰鸡，抽水捞鱼……大家过着自己的年。

一片湿润的土地，就能滋养着一群有着家乡山水气息与灵气的人，也塑造了他们难以改变的味蕾与生活习性。无论在异乡迷失了多久，一道熟悉的家乡美食，端在手上，塞进嘴里，故乡的情感以及深埋在心底的人情味便瞬间回归，那种滋味，只有自己心里知道。

腊月二十四小年的晚上，在一家人享用美食之前，庄子上的人们都照例虔诚地将自家的祖先们请到家里来，恭敬地点上油灯或蜡烛，献上茶，供上斋，和祖先们一起过年。大年夜的时候，大家更是要极其正式地摆上三荤三素，九碗饭，九杯酒，供奉先人。

烧纸钱，放炮竹，一家人叩拜之后，再做一桌饭菜，这是一年当中最为丰盛的一顿晚餐——年夜团圆饭。有火锅，有凉菜，有蒸菜，有烧菜，有炒菜，桌子上堆得满满的，碗上加碟，碟上架碗，一家人围坐在一起，享受着一年劳动的成果，享受着浓浓的亲情和年味。

各家的年夜饭一定会有鱼，"年年有余"的美好心愿一直深藏在人们的心里，从来就没有泯灭过。日子会继续下去，朴素的愿望也会一直留在大年夜的团圆饭里。

凌晨前后的开门炮，平日里省吃俭用的乡亲们，倒是舍得花钱买大号的。新年钟声敲响的时候，村子里炸翻了天。天亮之后，拉开新年的大门，见得门前一片通红，便是个好彩头，还可以在乡邻们面前炫耀一番。

大年初一，村子里的人们成群结队，家家户户大串门，喝茶叙话；初二，拜新灵，祭拜一年中庄子上和亲戚里故去的人，新的一年开始的时候，再一次向他们告别，愿他们的灵魂在另外一个世界里安顿下来；初三开始，走亲戚拜新年啦。

"初一不出门，初二拜新灵，初三拜母舅，初四拜丈人"，这是家乡人人皆知的一句顺口溜，也是家乡自古流传下来的、比较独特的习俗。

从初三开始，一天也不能耽误了，大人带着小孩，拎着礼物，按辈分大小，走亲拜年；忙不过来的话，一天要跑很多家。先拜谁家，后拜谁家，早一点，晚一点，向来规规矩矩的乡亲们，都讲究着呢，一点也不含糊；不懂规矩，搞错了次序，会挨人骂的。

从小就常听母亲说，"拜年拜到初七八，关起门来就不搭；拜年拜到初十边，关起门来挨一顿喧"。"喧"（xuān），枞阳方言音，"骂"的意思，不一定是这个字。初二就跑去人家拜年，一定会挨人批的；要是拖到初七八才去拜年，门都不让进，因为太迟了，有不被重视的感觉。一向传统朴实的农家人长期坚守的这些老规矩里，释放的何尝不是一股烟火与人情味呢？

这些天里，家家都是欢声笑语，好酒好菜，热闹得不得了。每来一拨拜年的亲戚，就要搞一桌子新鲜的饭菜，客人走了，剩下一堆，只好留着自家人慢慢吃，小猫小狗也跟着沾一点光。

过了正月十五，年才算过完了。"年"是传说中吃人的怪兽，正月十五这一天，"年"就走了，所以，腊月三十那天贴在门头上的用来吓唬"年"的门钱子就可以撕去了。门钱子是红色的，"年"怕红，鲜红的门钱子不仅增添了年的氛围，也能镇妖辟邪，护佑平安。

再搞一个仪式，将腊月二十四小年那天请回来的祖先们好好送走，到年底的时候，再请他们回来。在乡亲们的心里，故去的人一直都在，没有走远，只是以另外一种形式存在着。

把家里收拾干净，大家就要出远门了，又开始了一年三百多天的辛苦拼搏；留在村子里的上了年纪的人，也开始琢磨着田间地头的事了。

好日子是辛勤耕耘出来的，年是乡亲们耕耘的总结与成果，是一场隆重的庆祝与纪念，是对生命的深深敬畏。

故乡里的年味，年复一年，这是充满生命热情的乡亲们坚持"倒腾"出来的。这里是他们的归宿，他们从浓浓的年味里获取了无穷的力量，他们的生命在这里得以延续和升华。

2022 年 2 月 12 日

故乡里的锣鼓声

　　过年给我的印象，除了忙碌，就是热闹了。家乡有句俗话说得好，"过年过的就是热闹"，我是很赞同的，若是冷冷清清，那哪像是过"年"呢？这几天，我忽然间想起了故乡正月里热闹的锣鼓声。当然，那是儿时的记忆了。

　　小年前后，母亲常常会自言自语道："把零钱都收好了，明年正月给卖唱的。""卖唱的"是故乡的民间艺人，能敲锣，能打鼓，能打快板，能说能唱，村子里的人都通俗地叫他们"卖唱的"。

　　卖唱人大多来自外乡镇，一到年关，他们就会背着锣鼓"离家出走"，边走边唱，一个村庄接着一个村庄，一路唱过来。那年头，出了自己的乡镇，遇到的人大抵就不熟识了；这样，正月里趁农闲时用卖唱的本领挣点小钱花，也就没有什么不好意思的了。

他们一般都是两个人配合，一男一女，或者两个男人，少见两个女人组合的，毕竟出门在外很多天，风餐露宿的。打鼓的主唱，站在右边，敲锣的帮腔，站在左边，站位很是讲究。也有一个人单枪匹马出来的，一手打鼓，一手打快板，嘴里唱着，也有声有色。

孩子们是盼望他们来唱的，"咚咚锵，咚咚锵，咚咚锵……"，锣鼓声里，好不热闹。有一年正月初一的早晨，一吃过早饭，我就急切地问母亲："卖唱的怎么还不来？"母亲说："你要他来干吗，钱多没处花啊？"后来我才懂得，那时候农家人日子苦着呢，一家老小的温饱都还没有完全解决。

"咚咚锵，咚咚锵，咚咚锵……"，远处传来了熟悉的锣鼓声，不一会儿，"卖唱的"就来了。他们面带笑容，乐呵呵地在大门口站好位置，一阵密集的锣鼓娴熟地敲打完后，他们便用地道而浓郁的家乡话唱起来，抑扬顿挫，余音绕梁。

起头的唱词几乎千篇一律："他家唱到了你家来，府上的门儿朝阳开；他家不缺千年宝，你家也有万年财……"接着会唱一些古典的故事和祝福的话，三国、水浒、杨家将，平安、发财、中状元，一套一套的。主人也很高兴，递上一根烟，给一点零钱，算是赏钱。

我记事的时候，记得赏钱先是几分几毛，后来也给到一块两块了。遇到给钱爽快、出手大方的人家，他们就会多唱一些，多说一些吉利好听的话，彼此都很开心。

正月初三或初四，各地方依照不同风俗，会有"新姑爷"上门给老丈人拜年的，"卖唱的"遇见了，唱起来可就带劲了："新姑爷拜年带了礼物，我们拜年锣鼓上前……"然后现场编一通好词，吹捧一番又一番，这样赏钱就会很多。首先，主人家会给一遍，碍于面子和喜气氛围，一般给得还不少；接着，"新姑爷"也会显摆与大方一下，这个时候可不能寒碜，至少要给个三五块的；过一会，亲戚里也有人借着还没散去的酒劲，再给上几个。卖唱人唱得舍不得走，直到给了几遍赏钱，接过了几回好烟，才祝福一番、拱手作揖而去。

到了初五六，家家都迎来了数十拨卖唱人，又有不少送"财神菩萨"贴画的，家里准备的一点零碎的小钱也基本给完了，五元、十元的"大钱"可舍不得给出去了。一听见远处"咚咚锵，咚咚锵，咚咚锵……"的锣鼓声又响起来了，母亲便对我说："快把大门关起来，卖唱的又来了，没钱给了！"我心领神会，迅速地关上大门，一点缝隙都不留，一家人躲到里屋去，静静地待着，不敢大声说话，侧着耳朵听外面的动静。

后来，关门的多了，卖唱人也都知道家里是有人的，于是对着紧闭的大门也照旧唱了起来。有人家忍不住，只好出来把门打开了，给几毛钱，不让唱，就直接打发人家走了；也有人家硬着头皮，死活不出来，等外面彻底没动静了才开门。现在想想，或许当时也是穷得没办法吧？

我喜欢跟在卖唱人后面听铿锵有力的锣鼓声，这声音仿佛能响彻云霄，能惊天动地，我也喜欢听卖唱人悠扬的腔调和他们讲的故事，喜欢看他们挂在脸上可掬的笑容与自在的神情，我在心里琢磨过很多回：长大了，我也要像他们一样走村串户卖唱去。

从村头跟到村尾，直到他们出了村，我们这帮孩子们才回过头来，循声找下一拨的卖唱人跟着玩，乐此不疲。就这样玩着坑着，童年的时光就过去了。

现在，故乡里的年还在继续过，农家人日子也好了起来，赏钱也有了，但卖唱的人再也不来了，故乡里的锣鼓声早已听不见了，那一份别样的年味，也只能是心中的念想了。

那天，我偶然看到一段视频，是家乡的民间艺人在老家麒麟镇上的菜市场里，一人打鼓，一人敲锣，用纯粹的枞阳方言唱的《十把扇子绣古人》，我静静地反复听了几遍，感觉特别亲切，特别有味道。

唱词也很有趣，我整理了一下，大致是这样的：

> 一把扇子绣古人，要绣刘备一个人，
> 刘备本是真天子，他到四川管万人；
> 两把扇子绣古人，要绣关公一个人，
> 关公骑得胭脂马，手掌雄师百万兵；
> 三把扇子绣古人，要绣张飞一个人，
> 张飞本是英雄将，吼断桥梁退曹兵；
> 四把扇子绣古人，要绣四姐一个人，
> 玉帝坐在金殿上，四姐下凡闹东京；
> 五把扇子绣古人，要绣包爷一个人，
> 包爷坐在南衙内，日断阳来夜断阴；
> 六把扇子绣古人，要绣六郎一个人，
> 六郎把守三关口，焦赞孟良一路收；
> 七把扇子绣古人，要绣七姐一个人，
> 七姐她把凡尘下，槐荫树下等郎君；
> 八把扇子绣古人，要绣八仙一伙人，
> 八仙要把东海过，闹得东海不安宁；
> 九把扇子绣古人，要绣玉皇一个人，
> 玉皇坐在天顶上，风调雨顺国太平；
> 十把扇子绣不尽，要绣日月满天星，
> 江山从此来绣定，日月相照福乾坤。

说不定还会有一天，在新年正月，能说会唱的民间艺人们又回到村子里，挨家挨户，笑容可掬，敲起了锣，打起了鼓。"咚咚锵，咚咚锵，咚咚锵……"，一阵熟悉的锣鼓声后，我们又听到了浓郁的乡音："他家唱到了你家来，府上的门儿朝阳开；他家不缺千年宝，你家也有万年财……"

2022 年 2 月 19 日

故乡里的甜

这几天单位办公室的同事从皖南山区采购了一些芝麻糖，黑芝麻的与白芝麻的两种，说是发给我们带回去过年吃。

从小我就喜欢吃甜食，直到现在，我依然喜欢吃各种甜点。小时候，我很想吃糖，可是很少有糖吃；现在生活条件好起来了，可以轻易地吃到自己想吃的东西，所以我的办公室里向来不缺各种甜点。

不止我一个人，估计年少的时候，很少有人不喜欢吃糖的。在我的少年时期，糖、盐、煤油等物资都还是稀缺品，我依稀还记得，每月凭票才能从村部边上的小店里买到。小店坐落在村里小学的旁边，是村子里唯一的一个小卖部。

　　整个小学期间，我是小店的常客，却几乎不是个消费者，而仅仅是个看客。一下课，我就和几个调皮的家伙蹦蹦跳跳，打打闹闹，一路追逐着，跑到小店边。我们先在小店周围转几圈，捡完人家丢在地上的糖果纸，一张不落，因为收集花哨的糖纸是我们儿时的爱好之一；然后我们一头钻到小店里，整齐地趴在柜台上，虔诚地看着店老板包糖包，像是要拜师学艺一样，比听老师们的课认真多了。

　　不知怎的，我特别喜欢闻小店里红糖与煤油混合的气味，那气味浓缩在狭小的屋子里，散不去，浓浓的，郁郁的，是一种记忆深刻却说不清楚的味道。

　　糖包是用一张废旧的报纸或者试卷包成的，一包一斤。一个个小小的立锥体，外面用一根稻草扎紧，包好了，一排排地立在那里，笔挺挺的，几乎一般高，煞是好看。逢年过节或者遇到喜事的时候，到人家去，一斤糖包是少不了的。

　　听母亲说过，包糖包是要有一定技术的，不会包的人，折腾几回，糖包就散了；另外，糖包包得越尖越好，我也不知道有什么讲究，似乎代表着美好的祝福吧；还有，店老板很精的，一个一斤的糖包最多给个八九两，不会给足斤两的。

　　母亲的意思我懂，一个尖尖的糖包，是一个符号，代表着甜甜的祝福；精明的店老板少给一二两，便可以多赚一点，意义却是一样的，于是很少有人去较这个真。

过年的时候，为了节省一点，常常少买几个糖包，你来我往，一个糖包便会在很多亲戚家颠来倒去，所以，包紧实一点是很有必要的，否则不知转到谁家就散包了，不好再送人，只能装到自家的糖罐子里了。

乡下谁家里都有个盐罐子，也会有个糖罐子。那时候，盐罐子里一般总会有盐的，而糖罐子里不一定有糖；盐罐子会随手放在灶台上，糖罐子则会放在高高的橱柜顶上，或者藏到里屋的床底下，不能让人轻易就能看得见，用意不言自明。

去小店买糖包是我的活，我很乐意做这样跑腿的事。但一般是难以"揩油"的，因为店老板的包装技术很好，想从缝隙里漏出几粒糖来，几乎是不可能的，除非自己将包装纸抠个洞。我倒是这样想过，却没有做过。糖包买回来之后，母亲便往糖罐子里装，也会留少许给我们尝尝；受潮之后粘在报纸上的糖粒，我们自然也不会放过，被我们舔得干干净净，一粒不剩。

包糖包的报纸当然归我们，我们把它折成一个个小四方块，往地上摔，把对方的四方块打翻身了就归自己了。我们把这种好玩的游戏叫"打鳖"，不知道是不是因为它们扁扁的形状很像老鳖。有些地方把这种游戏叫作"打四角""打面包"等等。

那时，乡间以红糖为主，白糖价格要贵些，且极少见。

记得还有一种提炼不够、品质不太好的黑糖，深黑深黑的，一团团地黏在一起，我们形象地管它叫"牛屎糖"。其实它也很甜，但吃不到的时候，我们便常常自我安慰："牛屎糖，有股牛屎味，不好吃！"

　　偶尔遇上喜事的时候，比如庄子上有姑娘家出嫁，有小伙子结婚，或者有人家喜添贵子，做新屋上梁，我们也会有几颗糖果吃。母亲给过，外婆给过，亲戚们给过，邻居们也给过。将糖果剥去糖纸，塞到嘴里，吮吸着，我常常想好了不咬碎它，这样可以享受久一点，但往往一转念就忘了，还是咬碎了，实在是忍不住，想甜得更猛烈一些啊。

　　很长时间没有糖果吃的话，也会想着偷点家里的红糖吃，这是年少时常有的事。用汤勺子从罐子里挖出一两口，吃完之后，再小心地将表面抹平，就不会轻易被发现。偷几颗冰糖粒子吃，就更不会被发现了。

　　外婆家离我家只有百余米远，我小时候常在外婆家玩，母亲喊我回家吃饭，我常常不乐意，母亲诱导我的绝招，一是用皮球，二是用糖果。皮球是儿时梦寐以求的玩物，母亲常常用口袋里的线团，隔着衣服，冒充皮球，将我骗回来，屡屡都能得逞；所以我一直觉得，欲望是个害死人的东西。糖果的诱惑力，自然更不用说了。

　　我也不知道，为什么儿时都那么喜欢吃糖。记得有一次，小表弟在我家里玩，哭闹的时候，母亲用两勺红糖，和了半大碗糖水，让我喂给表弟喝。这一招很灵，表弟一喝到糖水，便不哭了。看着渐渐露出来的沉淀在碗底、还没来得及融化完的少许糖粒，我也咽了咽口水，心里想着等表弟喝饱离开的时候，它们便是我的"菜"了，谁知这家伙人小鬼大，喝完最后一口糖水，便过来抢碗，双手抱着碗口，意犹未尽地舔着碗底的糖粒，我只好忍气吞声，默默作罢。

糖溜蛋是家乡的一道美食，家里有人感冒生病，或者过生日的时候，少不了吃它。家里来了亲戚，办个事，要急着赶回去，母亲常常会打几个糖溜蛋给他们吃，算是招待了。

糖溜蛋制作极其方便，将鸡蛋打在烧开的水里，等鸡蛋定型熟透之后，连水一起盛出来，加几勺子红糖，搅拌一下，便可以吃了。一边吃蛋，一边喝糖水，真是享受啊。想吃软一点的，看蛋黄刚凝固的时候便起锅，吃的时候，一口咬下去，蛋黄便流了出来，那就是溏心蛋了。听说外公晚年生病期间，特别喜欢吃这种溏心蛋，只是不能每每如愿。

现在，我们再也不愁甜食吃了。我晚间在路边散步时，常常听到水果铺上的扩音喇叭喊出来的声音："广东砂糖橘，好甜好甜；海南香蕉，好甜好甜；山东红富士苹果，

好甜好甜……"我觉得这老板会做生意，知道用"甜"来
诱惑尘世间的凡人。

听到这样的叫卖声，我常常也想起故乡里的甜，想起
小店里的糖包和糖果，想起厨房里的糖溜蛋和麦芽米糖，
想起筵席上的红糖元宵和冰糖蹄髈，想起正月里黑芝麻白
糖馅的大汤圆……那些甜，是故乡儿时的记忆，也是现在
怀念故乡的味道。

我有时在琢磨，不识苦味，何知甜味？也许正是因为
太知道儿时的苦了，我才深深地懂得故乡的甜。现在离开
故乡很久了，想起故乡，我就总能想起故乡里的甜，那味
道真是直指人心啊。

2022 年 1 月 16 日

故乡月夜　汪晓彬画

村庄里的年度盛宴

"有钱无钱，回家过年"，每年一到腊月，在外务工的人们，心情便会无缘无故地好很多，有事没事就不自觉地在心里盘算着回家过年的事。

腊月二十前后，在外待了将近一年的人们都迫不及待、陆陆续续地往回赶了。年轻人大多开着自己心爱的小车，车厢装得满满的，年长一些、不开车的人则背着大包小包，风尘仆仆地坐火车，转大巴，村庄里的一场年度盛宴即将铺开。

这些年来，刚成年的年轻人、三四十岁的中年人、五六十岁甚至更年长些的老年人，绝大多数都选择了放弃农田，背井离乡在外地的城里打拼。和常年守在家里相比，这更容易多挣一些小钱，用来养家糊口，过日子。

在外务工的生活，大多并不尽如人意。打工的日子一直很苦很累，物质生活上省吃俭用，精神生活上几乎空白荒芜，但大家都把这放在心里，没有人会轻易说出来。回到村子里，大家见面了，寒暄拉呱，脸上总是洋溢着轻松与幸福，一副这一年过得挺满足的样子。

村子里平日里人很少，少得可怜。孤独、年迈、多病的老人们早就在心里盘算着日子，期盼着年关的到来，期盼着儿女们带着久日不见的孙子、孙女、外孙、外孙女回来团聚。

村子里的水泥路已经四通八达，弯弯曲曲地缠绕在村子中间，在外面挣到钱的年轻人回来时愿意再花一些钱，将水泥路延伸铺设到自家门口，让出行更为方便，用乡亲们的话说，"下雨天，脚也不会沾到泥巴"。

这些天，大家口袋里都装上了好一点的香烟，遇到熟人的时候，远远地就掏出来递上一支，平日里抽的三五块一包的烟暂时都收了起来。

这些天，几乎家家门口的水泥地上都停着小车。各种型号和颜色的小车，是在外务工的人们从全国各地不辞劳苦开回来的。一方面，那是如今改善出行条件必需的交通工具；另一方面，也是这些年辛勤劳动的成果和对自己的犒赏；还有一方面，嘴上不说，暗地里这也是展现实力与炫耀的重要"资本"。

有了水泥路，有了小车，出门很方便，春节前后，闲着没事，村里人一溜烟就跑到镇上和县城去了。身上有些钱了，买起东西来也舍得，看中了就买，不用瞻前顾后，甚至不用讨价还价，和平时比起来，年关时候的钱好像就不是钱似的。小镇在村子十里之外，二三十年前，村里人可是一年到头也难得去镇上几回。

年夜饭大家都吃得很撑，喝得很晕，这是一年当中家里吃得最丰盛、过得最热闹的一天。几小时后，新年的开门炮就炸开了。小村里的开门炮一年比一年大，烟花也比往年多了起来。这一晚，大家尽情地吃喝玩乐，这是村庄年度盛宴的高潮。

连续不断的鞭炮与烟花声震耳欲聋，也惊天动地，将猫儿、狗儿吓得门前屋后乱窜，找不到躲藏的地方，孩子们也双手紧紧地捂住了耳朵。花了几百块钱就听得一阵响声，但辞旧迎新是件大事，大家愿意花这个钱，图个喜庆与吉祥，盼望着新的一年里日子越来越红火。

吃饭，喝酒，打牌，聊天，家家很热闹。夜幕降临了，外面烟花四起，家里灯火通明，马路上一夜灯光，村子里也像小城小镇一样，少了些黑暗，多了些光明。平日里，老人留守在家的时候，只舍得开一盏低功率的小灯，从窗户缝隙里透出的微弱的灯光，在树丛中忽隐忽现，真像鬼火似的。

正月初一，村子里大人小孩成群结队，相互串门，寒暄问好。之后几天，亲戚间相互拜年，将村庄的这场盛宴推向新的高潮。烟、酒、糕、糖，一样都不能少，晚辈给长辈拜年，还会带上两斤半的肉，这是多年传下来的习俗。暖春天气，肉从这家拎到那家，又从那家拎到这家，转来转去，都有了一点臭烘烘的气味。

亲人们聚到一起，一年到头难得见这一回，自然不醉不休。

平日里的村庄实在是太寂寞了，只有静默的人家与葱郁的树木。春节前后的这几日，我在村子里闲逛时，能看到一些扎堆在门口一起晒太阳和闲聊的人，也能看到一些追逐打闹、嬉戏欢笑的孩子们。他们的欢声笑语，给寂寞许久的村庄增添了难得的生机与活力。

只是没有不散的筵席，过了正月初七八，村里人又陆陆续续收拾好行囊，自觉地往外走了，既依依不舍，又迫不及待。

曲终人散去，村子里很快就恢复了往日的宁静，好像什么都没有发生过。留下来的老人们与陪伴老人们的小猫小狗，是村庄常年忠实的守护者。

一分繁华，九分落寞。短暂的盛宴之后，又将是一年的孤独，孤独的游子，孤独的老人，孤独的村庄。一年的时光很快，但等待，又是无比的漫长。

2021 年 2 月 28 日

炊烟的味道

　　前几日，骑行路过城市的某个巷口，我忽然闻到了围墙那边飘过来的阵阵枯木燃烧的烟味，估计是谁家正在生炉火呢。一股股烟味，让人猛然间想起了家乡，想起了家乡炊烟的味道。

　　小时候，每次放学回来，我总是在远远的地方，就开始观察自家的烟囱是否还在冒烟，判断家里的饭菜做好了没有，此时的肚子正饿得咕咕叫呢。一到家门口，厨房的饭菜香，混杂着还未散尽的烟味，能给人一种非常温暖与踏实的感觉，尤其是在冬季的雨雪天气里。

　　有时候，我们在外面疯玩，一看到炊烟从自家屋顶上徐徐冒出来，我就知道母亲又在忙着做饭了，要不了一会儿，母亲就会扯着嗓子喊我们回家吃饭了。

如今，我离开家乡已经 20 多年了，常年漂泊于热闹的城市之中。我们这一代人很是特殊，出生在农村，成长在农村，是后来才走向城市的。这一群人，不管在城市里定居多久，心里最深的那个家一定是在农村，它是童年的印记。

我有时在想，如果只能说出一种东西，来代表心中的家乡的印象，我一定会说是"炊烟"。在我看来，炊烟的印象就是家的印象，炊烟的味道就是家的味道。

回想当年努力读书，就是为了能够走出农家，远离苦累的农家生活。现在出来了，却恰恰相反，安静下来的时候，常常就想着回家看看。每次回到老家，我都习惯在饭前饭后沿着乡村小路随意地走一走，乡亲乡邻看到了，都以为我在散步。其实，我有时是在寻找藏在心里的炊烟。

一片竹林或者树丛之处，必有几户人家。一座座农家小院里，都有一栋两层小楼，旁边那个矮小一点的屋子，便是厨房，它既和小楼相连，又单独开有门径。从矮矮的屋顶冒出来的一缕缕青烟，袅袅升起，又轻柔曼妙地散发开来。小路上的空气里总弥漫着浓浓的柴火味，我常常忍不住深深地呼吸几口，一点也不觉得有儿时印象中的呛人味。

小院子里一定有位老人，一定有一锅香喷喷的大米饭，或许还有几个正在追逐打闹的孩子，弄得小院子里鸡飞狗跳的。此刻，我分明感受到了他们过着平淡无奇而又十分充实的日子。

　　我特别喜欢选择坐火车出行，因为一路上能看到很多村庄和一些散落的、低矮的房屋，白墙青瓦。我总是饶有兴趣地看着它们静静地从车窗的玻璃上划过，仿佛家乡就在眼前。有时还能幸运地看到丝丝缕缕的炊烟从不远处的村庄升起，我会悠闲地欣赏着它，就像在看一幅淡雅的水彩画。

　　前几年的国庆节，我到新疆旅行。从布尔津出发，在贾登峪前的路口向东转，就踏上了一条风光绮丽的美景大道，这条大道的终点，就是美丽的禾木村。禾木村是新疆布尔津县喀纳斯湖畔的一个小村庄，这里是蒙古族图瓦人集中生活的居住地。"中国第一村"的美誉，可以说它是当之无愧的。原木垒起的小木屋散布村中，显得古朴而神秘，雪峰、白桦林、云雾、流水、炊烟、人家，一切自然而纯洁，令人无限遐想。

　　深秋的禾木，是清冷宁静的；而清晨五点的禾木，气温只有1℃，更透着清冷与宁静。一弯明月静静地挂在天边，在一层薄雾的笼罩下，一切显得朦朦胧胧的，月光之下更有一种恬静祥和之美。远处的雪山清晰可见，近处的水流声和几处灯火，让人感觉山旁的村庄确实存在。

　　游人们早早起来，守在山坡上，等着看日出。许久，太阳才慢慢地露出来。此刻，太阳在前面，月亮在后面，村庄就在中间；而我，正与这样的一个世间相对，一下子竟然不知道自己在哪里。当我看到一股股炊烟从村庄里缓缓地飘出来的时候，我才知道我在尘世之中。这里的炊烟，和家里的炊烟是一样的。也许，在游子的心中，哪里有炊烟，哪里就有家。

翻看往年我随手记在手机便签上的日志，无意间看到一些即兴、无题的口水诗，居然有很多首与炊烟有关。

> 金秋十月回家园，清晨悠步至村边。
> 无边往事心头起，谁家屋顶不炊烟？
>
> 一方池塘十亩田，青青翠竹绕村边。
> 清晨卧床听风起，傍晚桥头看炊烟。
>
> 如果还有二十年，我把世界看一遍。
> 丢下山河与人事，回家锄田生炊烟。

我想这一定不是偶然的，也不是有意的造作，而是人生的旅途中，心里的炊烟时常不由自主地升起来。

时光荏苒，人生半百，唯有炊烟依旧。每每有幸遇见，那久违的味儿，总觉甘之如饴，仿佛就在家乡，仿佛亲人都在，仿佛时光不老，仿佛仍然年少。

2019 年 7 月 8 日

享　清　福

　　小时候，我喜欢听庄子上的大人们扎堆在一起聊天，说家长里短的事。这一晃啊，三四十年过去了。

　　那些年，常常有人对父亲和母亲说："你们把儿子搞出来，以后就可以享清福了。"说的是家里供我读书，等我考上大学了，父亲和母亲以后就不用下地干活，可以坐在家里享福了。

　　在父亲和母亲不懈地支持下，我后来确实上了大学。但事实上，父亲并没有实现如邻人们所说的那样，坐在家里享受清福，而是在 60 岁那年，我工作刚刚 5 年、还未独立的时候，就离开我们远去了。母亲一个人在老家生活，每天会在田间地头忙个不停，种瓜种菜，自食其力，一刻也闲不住，哪有清福可享？

我回老家看望母亲的时候，母亲和我闲聊说："你舅爹爹 70 多岁了，现在还经常去给人家挖树，你姨爹爹也常年在外面工地上干活，姨奶奶在家里忙里忙外，有时候还在门口给人家插秧，割稻，做小工，也累得伤心哟。"我说："都这么一大把年纪了，还要这么劳累干吗？"母亲说："不做事，喝西北风啊？"我说："不是有儿有女的吗？一人给一点，还能没饭吃啊？"母亲说："儿女有儿女的生活哟。"

父亲与母亲这一辈子人，任劳任怨，操劳一生，儿女虽然都已经陆续成家立业了，但他们也不愿给儿女增添一点负担，无心闲在家里享受什么清福。

回老家时，在庄子里，我常常看到乡亲们骨瘦如柴，一个比一个瘦，瘦得差不多只剩下皮包骨头了，而且晒得黝黑的，像长期被烟火熏烤了一样。

我不解地问母亲："现在农村里的生活也能跟得上了啊，油水也有了，村里人怎么都还这么消瘦呢？"母亲解释说："天天干活做事，干的都是体力活，风吹日晒的，吃多少都不会长肉！"

事实确实如此，一整天的体力活干下来，吃下去的多少热量都能消耗殆尽，何况特别劳累的时候，还常常累得人连饭都吃不下去。

这也就不奇怪了，庄子上的老一辈人向来"以胖为美", 直到今天, 还觉得长得粗粗壮壮的才是生活得好的, 甚至相亲时, 也把这个作为最重要的标准之一。

在庄子上闲逛时遇见他们, 递上一根烟时, 看着他们树根一样干枯而粗糙的手指, 我常常忍不住想, 乡间里的这辈人, 劳苦一生, 没有享受到一天清福, 直至耗完最后一滴血汗、最后一丝精力。

陪伴我童年、少年与青年的这些老人们, 大多已经陆陆续续地离开了, 我觉得与其说他们是老死、病死了, 不如说是累死了。他们离开时, 亲人们热热闹闹地折腾三天, 之后, 他们便躺在地下, 彻底地、安安静静地"享受"清福去了。

过年在家的时候, 我常听到老人们在一起聊天说: "儿孙自有儿孙福, 莫为儿孙做马牛。"这是《增广贤文》里很有警示性的一句老古话, 但这也只是他们在嘴上说说而已, 实际上哪一个不是一边操着儿女的心, 一边操着孙儿孙女的心, 唯独没有自己。

一些老人恋恋不舍地离开熟悉的土地, 到了陌生喧嚣的城里, 过着水土不服的生活, 等把孙子们拉扯大了, 他们就很老很老了。之后, 他们又心甘情愿地回到这个村庄, 孤单地守着这片土地, 直至终老。

甚至临走的那一刻, 他们终日挂念的儿女也不在身边, 更别说孙儿孙女了, 孙儿孙女们甚至还不知道死亡是什么。

父亲突发疾病离去的那个深夜，我们就死死地睡在异乡的梦里。对父亲来说，那一夜，一定是漆黑的。

这几乎是乡村人的命运，乡村人的清福遥遥无期。

估计现在还经常有人对母亲说："你现在是享清福了。"我觉得到了年迈之年的母亲，依然没有什么清福可享。

我常常劝忙碌的母亲少种些地，少干农活，少养鸡鸭，可母亲只是嘴上答应，行动上依旧我行我素。每年母亲给我的菜籽油、鸡蛋、蔬菜等农副产品，不计其数。

前几天，母亲在电话里惋惜地对我"诉苦"："家里几块玉米地里的玉米每天晚上都要被獾子扳倒几根，快啃食完了，夜里点上灯都不管用。"我上次回去给母亲买了一盏可以充电的小吊灯，是让母亲晚上放在家门口照明用的，这段时间母亲每天傍晚都在天黑之前，将吊灯送到玉米地里挂上，开始还能吓得獾子们不敢靠近，可后来，獾子们慢慢适应了，也就不害怕了。

面对母亲的"诉苦"，我既觉得好笑，又觉得无能为力。我劝母亲说："吃了就吃了吧，别管它了，这也说明现在乡村里的生态环境越来越好，前些年少见的野生动物越来越多了，这是好事。"母亲说："打也打不到，赶也赶不走，你小叔放在地里的老鼠夹都被它们夹走了。这么好的玉米，忙了很久，眼看着就要成熟了，最后连一根也得不到，你说多可惜！"

我只能无力地劝着母亲："既然这样，明年就别种了，没事就在家里享享清福吧。"母亲呵呵地笑了几声说："这样下去，明年是不种了。"可是等来年季节一到，母亲又要忙着下地播种了。

2021 年 7 月 23 日

总想回到家乡

清明小长假，很多人又想着回家乡了，虽然春节才回去不久。我也如此，不顾交通的堵塞，不嫌奔波的麻烦，不计旅途的疲倦。

这些年，不知怎的，一有空就想回到家乡。随着年龄的增长，这种想法愈加强烈。常常身处闹市之中，突然就想起了家乡，有时还会有一丝隐隐的痛感，仿佛眼中进了一粒细小的沙子，让人自然而然地闭起了眼睛，任眼泪流出来。

有时候，静下来，我不禁问自己：人啊，为什么总想回到家乡？难道仅仅是因为上了年纪？我想肯定不是。

或许，一个人真正感觉到美好的生活，从来就不在别处，而是在他最熟悉的地方，和最亲密的人在一起的那些日子里。

家乡是儿时生活的地方，最熟悉的人、最熟悉的风景都在那里，最深的记忆、最难忘的情愫也在那里。只要稍稍触碰一下，它们就会从心底冒出来，让人浮想联翩。虽然当时看起来一切都那么普通，甚至那些辛苦的劳作让人足够厌倦，但时间能让这一切变得逐渐遥远，从而显得弥足珍贵。

油菜花、青草地、刺槐树，放牛、挑水、捡柴，这些再也平凡不过的景物与往事，在城市的繁华与喧嚣之间，轻易地便能让生活在雾霾弥漫之下艰难喘息的我们，心灵得以慰藉，并感到心满意足。

家乡的老房子一直没变，活在了记忆之中，走到任何地方，我都能记得它们的模样。它们独特的气质神韵，飘荡在心灵深处，让人觉得比世间任何一座建筑都美。

门前的几棵桂花树总是翠绿欲滴，开放时总是香气扑鼻。盛夏的蝉鸣，和城市的嘈杂声不一样，再吵也不影响人呼呼入睡。黄昏时分的炊烟，每天都会袅袅升起。屋子里的灯火，屋顶上的月光，总能和谐相应。这一切，只有家乡才有。

家乡美食的味道，估计没有人能够抗拒。人们常说的"妈妈的味道"，估计谁都提起过。

有个成语叫"莼羹鲈脍"，说的是西晋文学家张翰在洛阳做官时，因见秋风起，便思家乡吴中菰菜、莼羹和鲈鱼脍，于是辞官归乡的故事。张翰从洛阳的阵阵秋风中，产生了强烈的思乡之绪，进而想起家乡莼菜羹和鲈鱼脍等美味佳肴，更觉得乡情无法排遣，便说道："人生贵得适意尔，何能羁宦数千里以要名爵？"

张翰认为，人生一世，应当纵情适意，既然故乡如此值得留恋，我又何必一定要跑到几千里之外，做这样一个受拘束的官儿，去博取个身外的名位呢？

或许我们难以认同张翰的做法，但我们一定能够理解他的心情。那种铭刻于味蕾之上的莼鲈之思，细品起来，耐人寻味，让人感同身受。这哪是美食的诱惑呢？这分明是对家乡思念之切啊。

现代社会，地域对人的束缚越来越小，人也走得越来越远，但不管走到哪里，没有人会忘记家乡；相反，走得越远，我们越是思乡。在外奔波与打拼的日子稍久一点，家乡便成了我们多数人心头抹不去的记忆，亲人便成了困顿中支撑着我们前行的一股股源源不断的力量。

有部电影叫《冷山》，讲述了美国南北内战时期，连年的战争令一个名叫英曼的南方士兵疲惫不堪，身受重伤的他感到自己的生命所剩无多，便毅然决定拖着病弱的身体逃离部队，千里迢迢赶回遥远偏僻的、叫"冷山"的故乡，只为了见上心爱的妻子艾达一面。

一个战士，在生命最后的时间里，甘愿成为逃兵也要拼死回到故乡。这该是怎样的心理状态，我们实在无法想象。影片中，光荣、责任、忠诚这些严肃抽象的主题，衬托在飞舞的弹片和人物生活化的对白之上，却淹没在让人心动、无法遏制的浓浓亲情与爱情里。漫长而坚定，充满理想和希望的返乡之路，让人完全忘记了这是一场动荡不安的战争。也许，这正是这部影片独特的魅力所在。

在一生的成长当中，我们可以不停地迁徙，可以不断地变换着城市，可以和南腔北调的陌生人为伍，但埋藏在各自心中的家乡情结从来不会变。

看着我们从小长大的老人们陆续地走了，当年一起嬉闹的伙伴们一个个老了。时光中，人事一直在变化，所幸的是，家乡还在，门前的竹园还在，泥土的芬芳还在。想回去的时候，我们还能回得去，这比什么都好。人在垂垂老矣之际，高官厚禄、家财万贯，又有什么用呢？

有一天，当我们尝尽人世沧桑之后，最想回去的一定是那个记忆中的家乡，虽然她的模样有些变化，但那里的乡音丝毫未改。回到那里，我们可以彻底卸下妆，不用设防，也无需适应。

如果每次回去，都还有至亲的人在村口张望，那该有多好啊。

2019 年 4 月 8 日

记住村庄的名字

　　一回到老家，我便感到格外轻松，没事的时候，我喜欢沿着乡村里的村村通公路走一走。我是在这里长大的，但我对周边两三公里以外的地方并不熟悉，因为小时候，对我们来说，三五公里外的地方便是遥远的世界。

　　春节期间的一个午后，我和母亲在门前晒太阳，我问母亲东南西北的那些庄子都叫什么名字，母亲按照方位，一一跟我说了。母亲一口气说了十几个庄子的名字，我一下子根本记不住，也对不上号。我问母亲它们的名字对应的是哪些字，母亲说："我哪知道是哪些字啊？我又不会写字。"

　　是啊，我竟然忘了，母亲没读过一天的书，怎么会知道是哪些字呢？但我很想弄清楚这些名字。

于是，我打开手机里的地图，放大，放大，再放大，我终于看到了它们的名字：谢庄、黄庄、贾庄、刘庄、新街、小殷庄、长冲、小乌冲、云冲、洪柏、柏庄、荷塘、高塘、大塘、拓板、庙冲、西王、小杨树湾、观塘、光庄、岳庙、平坦、永丰、孙湾、塔塘、大柳、米庄、姚咀、南庄、大杨庄、新华、魏咀、韩圩、范圩……

我从小就听过这些庄子的名字，那是父亲、母亲与邻居们在平时的闲聊中用地道的方言说出来的。他们常常说到的、离我们"谢庄"只有几百米远的、一个叫"小乌冲"的庄子，我还一直以为是"小乌春"呢。直到现在，我才准确地找到了它们对应的汉字，我认真地在纸上记下了它们。看到这些陌生而又熟悉的名字，我感到有些兴奋。

"冲"字在地名中一般有两种意思，一是指"山谷中的平地"或者"两座小山包之间的狭长地带"，二是指"有人居住的小山村"；"湾"也有两种可能，一是指"河水弯曲的地方"，二可能是"塆"的误写，指"山沟里的小块平地"；"塘"是指"低洼之地"，即相对旁边而言，地势较低的地方；"圩"是指"低洼地区防水护田的土堤"；"咀"则是指"大自然形成的三面环沟的地方"，像嘴巴的形状一样；而那些带有"庙"字的地方，我想这里曾经肯定有过一座庙，只是后来在久远的时间里湮没了……

细细琢磨这些村庄的名字，多么有意思啊。我相信，这些名字的背后，一定都曾有着一个动人的故事或者美丽的传说，只是时间太久，被人们遗忘了。就像我生活的"谢庄"，它为什么取名"谢庄"，我无从知晓，但我相信，它一定有根源、有故事，比如曾经就有很多姓"谢"的人在这里居住过。

故事被人们传丢了，我不能再忘记它们的名字。它们就是我的村庄，或者村庄的周边，曾经是生我养我的地方，现在还在养育着我。

春节期间，除了到亲戚家拜年之外，我就别无他事。我决定每天沿着乡村公路，朝着不同的方向步行，边走边看，看看这些庄子的模样，看看历史的变迁，看看它们苍老的痕迹。

那些天，我走了数十个庄子，我在乡村公路边上的每一块"修路碑"前停下脚步，我看到了它们熟悉的名字，它们就在我的脚边，那么清晰，那么真实。

人们都回来过年了，每个庄子上的人都挺多，孩子们在追逐着，奔跑着。庄子上有鸡飞，有狗叫，也有青烟从低矮屋顶上耸立的烟囱里徐徐升起，饭菜的香味弥漫在空气里。我喜欢这样的烟火味，烟火是村庄的生命，我感受到了生命的生生不息。

那天在圩堤上，我遇到了一个上了年纪的老人家，弓着腰，边抽烟，边溜达，他见我也是一个人独自在圩里闲逛，便问我是哪个庄子上的人。我说了"束家园"，他又问我："你老头子是谁啊？"我说出了父亲的名字。他说："哦，我认得，我认得，以前在圩里种田经常碰到。"显然，他不认识我，但认识我的父亲，而且是老相识。

　　春节假期一结束，我就暂时离开了村庄。过了元宵节，村子里的人们也大多离开了村庄。每一个庄子又安静了下来，只有少数年迈的老人、猫狗、老树、池塘、稻田、山坡、竹园和立在路边刻着村庄名字的路碑，还在那里。

　　我们渐渐地走远了，但我们不能忘记村庄的名字，它们不仅养育了我们，也养育了我们的父辈和一代又一代人。记住它们，善待它们，我们的心田才不会枯竭。

　　年轻的孩子们是不会再回到这里来了，村庄的名字或许最终是要被人忘记的。有一天，不会有人知道它们叫什么，更不会有人知道这里曾经有个山坡，有块平地，有方池塘，有条圩堤，有处河水弯曲的地方，有座古老的寺庙，有个热闹的小山村。

　　只是，我希望这一天来得迟一点。

2022 年 2 月 27 日

辑二 倚月思乡月无言

　　或许世界就是这样，到后来，每个人只是留下一些记忆和故事。这些记忆和故事，构建了我们多姿多彩的生活，勾勒了我们平凡而简单的人生，也见证着那些悄悄流逝的光阴和永远也不会回来的岁月。

屋后有棵柿子树　汪晓彬画

消逝的乡村电影

　　二十世纪七八十年代，乡村人唯一的文化盛宴便是每年一两次的露天电影了。当时，中国有百万乡村电影放映员，他们不辞劳苦，将一部部精彩的影片挨乡挨镇送至各个村部。

　　我们梅花村放映电影的位置是在村部门前的一块荒坡上，数十亩的荒坡零星地长着一点点杂草，地形稍微有一点坡度，是个天然的放映露天电影的好地方。

　　初夏的一个下午，刚放学走出教室，我们这些孩子们就远远看见有几个人正在荒坡低处的平地上埋柱子，拉银幕，架机器。我们顿时激动起来，这分明是要放电影的架势。我们抑制不住无比兴奋的心情，飞快地往家跑，一路奔走呼告。

　　傍晚时分，天还大亮，家家都比平常早一点吃过晚饭，搬起凳子来到荒坡上抢占有利位置。放映机四周的位置早已被一群孩子占领了，孩子们兴奋地乱窜，大人们也在选好位置后心情愉悦地闲聊起来。

　　夜幕低垂时，天气比白天凉爽一些，一阵阵凉风吹过来，很是舒服，远处的天边已能看见几颗星星。突然，一阵"嘟嘟嘟"的马达声沉闷地响起，安置放映机的大方桌上亮起了刺眼的灯光，一道明亮的光线划过夜空，投到前方的幕布上。所有人瞬间安静了下来，眼睛直盯着银幕，生怕错过点什么。

　　其实此时电影并未开始，放映员还要进一步调试。过了一小会儿，银幕上开始出现一张张幻灯片。这是电影放映前的必备环节，放映的是一些契合时代主题的宣传口号与标语，没有人配音，无声的，自己看。几分钟后，巨大的音乐声突然从前方柱子上的大音箱里响起来，电影正式开始了，人们再一次激动起来。

　　很快，就有一些不自觉的人站起来看，后面的人也不得不跟着站起来，引起连锁反应。小孩子们有的站到凳子上，有的骑在父母脖子上，还有调皮的爬到了树上。

　　有时我们几个干脆溜到银幕另外一面去，那边人很少，除了字看起来是反的，其他一切正常。没有人和我们挤了，这倒也落个自在。

有时候很不巧，电影放映的中途会突然下起小雨来，人群会骚动一会儿，但很少有人离开。只要雨不是太大，电影一般都会正常放映，因为各个村部的时间都是事先排好的，机器轮流放映，不好轻易耽搁与变动。

一般每次会放两部电影，极少时候也有放三部的。看电影的每一个人都是专注的，从幻灯片开始直至片尾的字幕，结束了也不舍得离开。当人们渐渐散去的时候，孩子们还常常留下来，围着放映机，看着放映员一步步地收拾机器，心里充满着惊奇与羡慕。

最恼人的是，放电影的时候，发电机突然出了故障。没有了电，这真是没戏了，但大家都会留在原地不动，有足够的耐心等候工作人员修理。

记得有一次，得知当天晚上七八里路外的一个村子要放电影，我也带着小板凳，跟着村里几位年长的人一起，趁着月光，兴致勃勃地走了数十条弯弯曲曲的田埂路，穿越了好几个村庄，约莫走了个把钟头，才到达放电影的村部。

一路上大家有说有笑，赶集一般，有性格急的人不停地催促大家走快点。大家最怕电影开始了，看不到片头，不知道故事是怎么发生的。离村部还有数百米远的时候，就听见前方人声鼎沸，但很奇怪，没看见明亮的灯火，只有几盏手电筒的光束在黑暗中乱晃。到了现场，我们才知道，原来是发电机坏了，工作人员已经折腾了半天，也发动不了。

那晚，我们等了很久，但电影最终还是没有看成。我们又一路欢声笑语地走了回来，好像也没有什么懊恼的。相反，我们还觉得这番折腾挺有趣，欢快的笑声回荡在静谧的村庄里、田埂上。

如此大费周折的一段经历，现在看来，就像一场闹剧一般，但让人难忘，回想起来时依然让人深深地怀念。

那些年看了哪些电影，现在我已经说不上来了。除了《真假美猴王》《地道战》等少数几部外，其他的已没有一点印象了。

如今的娱乐方式丰富得令人眼花缭乱，村部的露天电影早已退出了历史的舞台，销声匿迹了。走进都市里豪华的电影院时，我还常常想起那些陈年往事，想起消逝的村部，想起村部旁那个曾经让我垂涎欲滴的小卖部，想起那片广阔的荒坡，想起简朴的露天电影，想起牵着我去看电影的那些人。

现在，每次回老家时，我还很想去那里看看。那里的山坡还在，野草长深了，又多了一处处坟头，高高低低的很明显。除此之外，那里寂静无声的，什么也没有了。

　　或许人生就是这样，到后来，每个人只是留下一些记忆和故事。这些记忆和故事，构建了我们多姿多彩的生活，勾勒了我们平凡而简单的人生，也见证着那些悄悄流逝的光阴和永远也不会回来的岁月。

2019 年 8 月 28 日

那些没有油水的日子

　　和朋友们吃饭时，我经常看到有人在自己餐位上放一杯白开水，将菜放到里面洗一洗再吃，以减少油脂的摄入。我常常替他们干着急：这还能叫美食吗？

　　我是二十世纪七十年代出生的。那时，乡村普通人家是很少有油水可吃的。一日三餐，大多清汤寡水，一斤菜籽油一家人会吃很长一段时间，所以常常还不到吃饭时间，便觉得饥肠辘辘。

　　家里腌制得很烂的萝卜，舍不得用油炒，直接加点辣椒糊，放到饭头上蒸熟，虽然只是有点咸辣味，却是家家户户餐餐必备的下饭菜。现在很多年没有吃过这种烂萝卜了，每每回想起来，还略有惋惜：如果当时能放几勺香油一起蒸，蒸好搅拌一下，那该是多么美味！

母亲做菜时舍不得放油，有时趁母亲在灶台下生火的间隙，我便帮忙往锅里舀油，一勺一勺地舀，见我舀多了，母亲总少不了"责怪"几句的。

有一次，晚餐吃面条，我接过母亲盛好的面条，端到一旁去吃，刚吃一口，便感觉一丝油星也没有，我便提醒母亲面条里还没有放油。母亲说："我记得放了呀。"我质疑道："不会吧？我怎么看不出来呢？难道是反光了吗？"

我又上下左右认真地看了几遍，依然没有发现一丝油光。后来事实证明，确实是母亲忘记放油了，于是母亲又补放了一些油，我那一碗面也重新倒进了锅里，回炉加工了一下。我极其严肃、专业的"表现"，以至很多年来这件事情还一直成为亲戚们的"笑谈"，母亲忆苦思甜时更是常常提起。

那时，家里常年吃的都是自家压榨的菜籽油，一般家庭很少吃荤油的，偶尔家里炼上几次猪油，油渣便成了孩子们争先恐后抢着吃的美食。

村里有一户人家卖猪肉，家里几个孩子头发都乌溜溜的发亮，大人们闲聊时常常议论起此事，语气中总少不了几分羡慕和嫉妒，毕竟我们吃油少的孩子，头发都是发黄发干的那种，像秋天里落在地上的松毛一样。

逢年过节或者家里来了客人，才会有一点儿荤菜，菜里油水也会大一些。这是我们解馋的好机会，我们会趁机吃上一顿好的。

家乡有一道菜特别好吃，也非常有名，叫"山粉圆子烧肉"。家里来客人时，母亲一般会做上一盘，作为大菜招待客人；平常时间家里有了这道菜，那肯定算是加餐了。这道菜为什么好吃，现在想来，油多解馋该是最主要的原因吧。

直到我读高中时，饭菜里也谈不上有什么油水。那时我在学校里过的寄宿制生活，食堂里的菜量不够供应，当地百姓会赶在每餐放学前，将做好的菜装在铁制的盆里挑过来卖。一勺一毛钱，纯素菜，没油，简直水煮的一样。我们常常一顿会打六两、八两乃至一斤米饭，就这样的，上顿还连不到下顿。一到放学，同学们便以百米冲刺的速度往食堂里跑，争取抢在前面，早一点吃上饭。

学校食堂每周五中午会供应一餐米粉肉，五毛钱一份，只在一个窗口售卖。为了吃上这份米粉肉，同学们不惜挤破头。我们几个要好的同学还采取了配合战术，一个会挤的同学先空手钻进去，占据窗口之后，我们几个便从拥挤的人群外围将各自的瓷碗从头顶递过去。打好菜、人与饭一起出来的时候，饭菜撒到人头上，瓷碗挤变形了，碗把儿出来碗还在里面，都是常有的事。

逢到节假日放假回老家的时候，返校前除了带上一大份萝卜干外，母亲还会特地给我炼制一大瓷缸子猪油，让我带到学校里。晚上吃面条时，我就会悄悄地往里面加一勺子油，味道会鲜美很多。就这样补了一些油水，高中毕业时我的体重也不过一百斤。

小时候，我还吃过一段时间的棉籽油。那一年冬天，家里添了一床新棉絮，父亲用棉籽换来了一些油。每天早上，母亲早早起来，用棉籽油炒一大碗米饭给我吃，我吃饱了上学去。

棉籽油很黑，像酱油的颜色一样，炒出来的饭也是黑乎乎的，味道有点苦涩，吃完之后感觉嘴里还有点儿麻。但即便如此，记忆中的这棉籽油炒饭，依然是难得的美味佳肴，而且确实耐饿多了。

从那以后，直到今天，我再也没有吃过棉籽油了。后来我才知道，棉籽油需要精制提纯才能食用，这种粗制的棉籽油里面有毒素，一般是不食用的。我想，大人们应该也会知道，但别无选择，这总比开水泡饭好吧。

如今，人们物质生活越来越好，那些没有油水的日子早已过去了。平日里吃到的食用油品种非常多，光植物油脂中，就有菜籽油、大豆油、花生油、玉米油、葵花籽油、芝麻油、橄榄油、山茶油、亚麻籽油、葡萄籽油、核桃油等等，不胜枚举。

和朋友们一起吃饭，看着一桌油多美味的菜肴白白浪费时，我还常常提起那些没有油水的日子和当中发生的故事，年轻一点的人常常半信半疑。

有一个故事我常常说起，那是在我很小的时候父亲告诉我的。说有个人蹲在地上吃饭，米饭上面有一块肉片，半天也舍不得吃，突然被身旁的小鸡给啄走了，他硬是追了好几圈才给追了回来，从屋前到屋后，从屋后到屋前，当中丝毫不敢松劲，因为只要稍一松劲，这块肉就会被小鸡吞下去的。

这个故事很是好笑，我却怎么也笑不出来，我深知这故事里面的心酸。也许正因为如此，我从不敢浪费，在饭店里吃饭时，我常常旁若无人地安排餐后打包。

我铭记着那些没有油水的日子，并非怀念它们，而是倍加珍惜眼前的美好生活。

2019 年 8 月 5 日

麒麟集上的鞋底板

　　我的老家在安徽枞阳，其西北角有一个历史比较悠久的小镇叫"麒麟"，随着最新的行政区域划分，这里已成为铜陵（枞阳）、安庆（桐城）、合肥（庐江）三市的交汇点。

　　"三六九，麒麟集"，说的就是这里。方圆数十公里，可谓无人不晓，素有"集有万人入市，货有千种成交"之说。农历三六九赶集，是家乡麒麟镇延续了数百年的传统习俗。

　　每逢农历每月的初三、初六、初九、十三、十六、十九、二十三、二十六、二十九这九天，周边地区群众都习惯性地前来赶集，省内外商贩也会云集于此，进行买卖交易，高峰时赶集人数超过两万人。我常听村里老人们说，过去在这里，没有你买不到的，没有你卖不掉的，只有你想不到的。

麒麟集初步形成于清朝康熙时期，历经 300 年而不衰，直至二十世纪八九十年代，仍是极度繁华，极其热闹。据《安庆地区志》（涵盖今安庆、池州地区）记载，"麒麟集为安庆地区六大综合市场之一"，"常有 7 省 32 市、县商户云集"，可见当时之繁华。即便到了市场经济与现代科学技术高度发达的今天，"麒麟集"依然很好地延续了下来，只是这些年平日里乡村常住人口太少，这里的光景已大不如从前了。

不知从何时开始，农历腊月二十四小年往后，不问三六九，直至春节前后，这里天天都是集。

离开家乡之后，我大约也有二十年没有到镇上赶集了。儿时常常吵着要跟随父亲一起去赶集，父亲总是嫌我们碍事，又怕我们跑路累，不愿带我们去，还说给我们买"鞋底板"回来吃，我们也就不闹了。

去年春节回老家，大年三十那天，大雾渐散之后，阳光甚好，我步行四五公里，特地赶了一回集，也想凑凑热闹。

昔日的小镇已被集中返乡的车辆堵得严严实实，镇上行人不算很多，到处都是车子。我艰难地走在车流中，举目望去，儿时记忆中的店铺都已不见了，铁匠铺、包子铺、米面铺、裁缝店、理发店、照相馆、茶馆，全都不见了踪影。

　　我避开嘈杂的车流，走进一条小巷子。突然眼前一亮，我看见一个老人正在烤烧饼。这不就是小时候父亲每次从镇上赶集回来给我们带的"鞋底板"吗？窄窄长长的形状，像鞋底一样，所以我们形象地管它叫"鞋底板"。我和小妹常常一人一个，拿在手上，在小伙伴们面前炫耀着。

　　那时，只要父亲去赶集，我们就盼着父亲早点回来，盼着吃那个还有余温的"鞋底板"，甜甜的，特别有嚼劲。后来到城里上大学，我才知道，人家都管它叫"烧饼"。

　　我问老人烧饼多少钱一个，老人说两块，我给了老人四块钱，老人问我要咸的还是甜的，我说甜的。小时候，父亲每次给我们带的都是甜味的，那时的"鞋底板"好像还没有咸味的，要么就是父亲知道我们喜欢吃甜的。

　　老人递给我两个"鞋底板"，还是热乎乎的。我直接咬了一大口，死劲地嚼着，很甜很甜，但不知为何，我却感觉不是儿时的那个甜味了。

　　我一个人站在街头，硬是把两个"鞋底板"一口一口地吃完了。冷风吹过的"鞋底板"渐渐有点发硬，吞咽的时候感觉有些噎人，以至于最后几口，我都差点咽不下去了。而小时候，我从没有这种感觉，相反，吃上一张"鞋底板"，便能兴奋很多天。

不知是忙疏忽了，还是身上没钱了，或是其他什么原因，父亲偶尔赶集回来什么也没有给我们带。没见到盼望中的"鞋底板"，我们失望极了，常常会郁闷上很长一阵子。父亲总会安慰我们说，下次去一定给你们买。

如今，父亲已经走了十多年了，我不知道父亲当年给我带回来的"鞋底板"是从哪家店铺买的，他没有告诉过我。三十多年过去了，那些店铺还在不在呢？

我就站在路口，却无处找寻，不知道该往哪个方向走，或许它们也早已不在这个集镇上了。风吹进巷子，遮阴的地方，阳光照射不到，风嗖嗖的，有点儿冷。

时光悄悄地在流逝，时至今日，前来镇上赶集的人越来越少了，小镇可能永远也不会再热闹起来了。小镇上的烧饼依旧很甜，但再也不是儿时那个味道了。

岁月是无情的，它的无情，在于它总是一厢情愿地改变着我们熟悉的事物，而且常常令人措手不及。但我永远会记得，这里有个麒麟集，这里还有过一种烧饼，我更愿意叫它"鞋底板"。它们有着特殊的成分，有着特有的味道。

2019 年 8 月 9 日

做　　弯

枞阳老家有一句方言叫"做弯"，我也不确定是否就是这两个字，甚或是"作婉"呢，大抵是"客气、见外、推辞"的意思。比如家里来了亲戚，吃饭的时候主人常常不厌其烦地说："都是家里人，别做弯啊，没什么菜，随便吃啊。""别做弯"就是"不要客气""不要见外"的意思，但"做弯"又远远不止于这层意思。

在我的印象中，老家人过去很少有人不"做弯"的。大人们这样，久而久之，连孩子们都潜移默化地学会"做弯"了。

那是一个物质非常贫乏的年代，普通农家一日三餐都是粗茶淡饭，萝卜咸菜。家里一般没有什么现成的东西可以拿出来招待客人的，甚至连一碗像样的菜也端不出来。对于主人来说，这是件很让人着急，也很让人失面子的事。

来客人的时候，如果提前知悉或者碰巧赶趟的话，主人会在定时挑到门口叫卖的小贩担子上买一块豆腐或者几块茶干；客气的话，也会打发孩子们到镇上称斤把肉回来；若是贵重的稀客，还会杀只自家养的小公鸡。而这些，不是逢年过节的时候，自家人是很少吃的。

人情世故，农家人都很懂的，没有什么事情，是不会轻易去亲戚家的，以免让人家破费，也给人家省去很多麻烦。

但淳朴的农家人又是极重情义的，常常为了维护正常的亲戚关系，偶尔也会趁农闲的时候相互走动走动。但临到主人要做饭的时候，一般都会提出来要回去，做出一副即将要走的样子，戏剧表演般的"做弯"便开始了。

这个时候，主人会热情地挽留，客人会强烈地要走，越是热情，越是强烈，越是强烈，越是热情。就这样一个执拗，一个执着，必须三番五次地拉扯几回，彼此才定下心来吃个亲戚团聚饭。

有时候，正好赶到饭点的时候才到，客人会违心地说"我吃过饭了"，那些"情商不高"、有点"马大哈"的或者实在太"实诚"的主人便当真了，递烟，让座，泡茶，叙话了事。这位"倒霉"的客人，就得眼巴巴地饿一顿了。

　　而那些心思稍微细腻一点的主人，自然会知道客人根本没吃饭，只是"做弯"而随口一说而已。这个时候，主人会立马放下碗筷，杀鸡买肉是来不及了，但会尽最大的可能添个好菜，比如炒个鸡蛋，炒盘花生米什么的，然后请客人一道吃。

　　印象中，遇到这种情况，父亲总是不容客人分辩与解释，硬是把客人按到座位上，一起吃点饭，母亲则悄悄地到厨房里炒个稍微像样一点的菜端上来。

　　小时候，我经常跟着外婆一起走亲戚。每次一到主人张罗着要做饭的时候，外婆就拉着我要走，我总是很纳闷：过来不就是玩一玩、然后好好吃顿饭吗？心里一直琢磨着这顿能吃点什么好的呢。后来我才知道，这纯粹是"做弯"。

　　当外婆拉着我做出要走的姿势时，像外婆女儿、我的姨娘们这样晚辈的亲戚，一定会想方设法地、拼命似的把外婆留下来吃个饭，要么拦在门口不让出门，要么拽着胳膊不给走，要么命令孩子们抱住外婆的腿，拖着让人挪不了步。如果外婆带有随身的物品，比如雨伞、箩筐之类，那就把这些东西扣下来，藏到阴暗房间最隐蔽的地方，我们也就走不了了。

　　也有假客气的，大多是一般关系的平辈。当你提出要走的时候，他会很自然地说着留下来吃饭的话；而当你起身往外走的时候，他不会拉你，也跟着你一起往外走，一边走，一边还一个劲地说着挽留的话。他们往往会把你送得很远，边送边"抱怨"你："来了怎么也不吃个饭呢？"并且反反复复地唠叨着："没事常来玩啊，有空过来吃汤圆啊。"听得人心里暖洋洋的。

汤圆，是老家的一种美食，不仅美味，而且耐饿，所以被农家人视为"好东西"，在春节前后和农忙季节广泛食用。"有空过来吃汤圆啊"，便成了人们客气时的口头禅了。直到现在，正月拜年时还能经常听到这样的客气话，虽然如今汤圆早已不是什么稀罕的东西了。

"不吃饭送人二里地"，这虽然有点假惺惺、假客气的味道，但人们大多能够理解，毕竟家里穷得实在没有什么东西可以拿出来招待人。

如今，有吃有喝，人们已经不大会"做弯"了。但细细想来，这"做弯"里倒有着几分矜持，几分谦让，几分含蓄，几分羞涩，几分将心比心的理解与包容，几分换位思考、推己及人的同理心，几分耐人寻味的人情味。

有人说，女人羞涩的时候是最美的。我想，男人也是，人人都是。康德曾经说过："羞涩是大自然蕴含的某种特殊的秘密，是用来压制人类放纵的欲望的，它跟着自然的召唤走，并且永远都与善良和美德在一起。"我想，"做弯"也是这样，它是农家人内心深处保存完好的一份柔软与善良，是人性中不曾泯灭的一片光芒、一份美好。

物质丰富的今天，"羞涩"这个词似乎已经离现代人越来越远了。谁"羞涩"，谁脸皮薄，谁就吃亏，就占不到便宜；谁"泼辣"，谁脸皮厚，谁就能得到更多，生存得更好。

而我，却越来越喜欢那些有点羞涩感的人，越来越怀念那个人人会"做弯"的年代；那不是最富有的人，不是最富有的年代，却是最有味的人，是最有味的年代。

2019 年 7 月 1 日

吃水的事

　　我的家乡地处丘陵地带，绿树与竹林之中，散落着户户人家，家家门前屋后不远处便是层层梯田，梯田之间科学地分布着一个个大小不等、形状各异的池塘。

　　我家周围两三里的区域内，就有十来口池塘，小则两三亩，大则数十亩。每口池塘下方的区域必是一片良田，旁边被错落有致的树木和青青翠竹包围起来的，就是一个个有着十几户人家的村庄。

　　那些年，村子里没有水井，更没有自来水，老老少少都要依靠就近的那口池塘吃水、洗衣、灌溉，真可谓"一方池塘养活一方人"。

　　小时候，我也能干些力所能及的家务活，常常主动解决家里吃水的问题。放学回来，书包一扔，我就习惯性地跑进厨房看看水缸里还有多少水，发现水位不及一半时，我便熟练地拿起扁担、钩子、水桶和水瓢，喊小妹一起去池塘抬水。离我家最近的池塘在两三百米外，几条弯弯曲曲的田埂小路将池塘与家相连。

我个头比小妹高点，所以每次我抬后面，小妹抬前面。我们比水桶加上钩子高出不了多少，抬水的时候，走在后面很难看到路面，所以小妹必须时时进行路况提醒。只有两个人步伐一致，配合默契了，才能保证走路时水桶不碰到我们的脚，才能避免扁担从我们稚嫩的肩膀上滑落下来而导致人仰桶翻。

有一次，小妹没有及时预警，我一脚踩进了水沟里，身体失去了平衡，一下子从一米多高的田埂上掉到下方的水田里，扁担瞬间从肩膀上滑落下来，水桶里的水全部倒向了我，浇了我全身。我费力地从田里爬起来的时候，已经成为一个小泥人了。我们一边拎着零乱的家伙悻悻地往家走，一边没完没了地相互指责起来。

即便我们格外小心，常常一路摇摇晃晃回来，一桶水也只能剩下半桶，还弄得裤腿都湿透了。后来，我们终于摸索出一个好办法，从池塘里摘一片荷叶或者从树上摘几片大树叶覆在水面上，这样便能有效地防止水桶里的水往外溅。中途累了，我们会选择在平坦的地方歇下来；渴了，我们就舀起一瓢水，咕咚咕咚喝下去，把自己灌饱。我们也会计较着钩子挂在扁担上的位置，这决定着谁负担重些、谁负担轻些。我们常常为此喋喋不休，争论不已。

后来长大了一些，我们开始一个人去挑水。有时我去，有时小妹去，我们再也不会为此争辩了。

那些年，常常在夏季里遇上干旱。附近池塘里的水都干了，我们便去更远的大池塘挑水。旱久了，周边的池塘都会干枯的，我们便到处寻找水源。村里人会在干涸的池塘凹处挖出一个深坑，这样就会慢慢地洇出一些水来，我们常常在天麻麻亮的时候，就趁早去"抢水"。

有时，我们不得不将浑浊的水挑回来。母亲便用明矾块麻利地在水缸壁磨一磨，过一会儿，水就澄清了。遇到下雨天的时候，父亲会把家里的水桶、澡盆、脸盆统统搬出来，整齐地摆在屋檐下接水，待接满了，就倒进水缸里，反复几次，水缸就满了。所以，每下一次雨，我们好几天都不用去挑水了。

再后来，父亲找人在家门口不远处打了一口水井，井里放有水泵，水管接到了水缸的上方，水缸里没水时，打开电源开关就可以出水了。从那以后，我们就再也没有挑过水了。井水很清澈，冬暖夏凉，源源不绝，取之不尽。

井第一次出水那天，父亲很兴奋，对我们说："井里的水比塘里的水干净，天再旱都有水，这辈子吃水都没有问题了。"

　　七八年前，家里开通了自来水，用了十多年的水井废弃不用了。自来水是母亲找人开户的。母亲说："开户费要两千多块钱，很贵，但还是要开的。

　　家里自来水开通的时候，父亲已经离开我们十年了。自来水厂在十多里外的镇上，父亲没有喝过从这么远的地方输送过来的自来水。父亲不会想到，农家也会有自来水了。

　　父亲找人打的那口井还在那里，井口上的水泥盖已经长满了青苔，锁井口的铁链也已锈迹斑斑。前年，母亲请人在门口的屋檐下装了一个小水池，平日里洗衣、洗菜方便了很多。

　　母亲曾跟我说："现在一个月水费最低是五块钱，不到五块钱的话，按五块钱收，超过的部分另外收费。五块钱的水我一个人怎么用都用不完。"我说："这不是挺好吗？"母亲说："自来水一点都不好，里面的氯很多，常常浑浊得很，像浓牛奶一样的颜色，还有股刺鼻难闻的气味。"

　　我一时无言以对，不知道说什么好。我心想：我们只能适应这自来水了。

2019 年 9 月 20 日

乡间纳凉　汪晓彬画

借来借去的岁月

　　记得我还是小毛孩的时候，我常常在母亲的安排下，到邻居家借东西，米、油、盐、鸡蛋以及各种生活生产用具，我都去借过。

　　一次，母亲在做饭时，发现盐壶里没盐了，到千米之外的村部小店去买已经来不及了。母亲将盐壶递给我，让我赶紧到邻居家借点盐来，菜等着出锅呢。我拿着盐壶飞快地跑起来，直奔邻居家厨房。

　　见此情景，不等我开口说话，邻居家阿姨就知道我是来借盐的。她从我的手上拿起盐壶，迅速地从她家的盐壶里舀了满满三汤勺盐放进去。没有说一声感谢的话，我就捧起盐壶，飞快地跑回去。

回来后，母亲问我几勺子，我说三大勺。两三天后，母亲从小店里买了一斤盐回来，散装的。一到家，母亲就舀起三满勺子，放进盐缸里，又添了大半勺，让我送去还给邻居家。

阿姨见我过来还盐，也不特别拒绝，只是热情地说："一点盐还过来还啊，你妈妈也真是的！"其实我知道，这只是客气话，借东西哪能不还呢？何况盐这东西，又不是自家地里生产出来的，而是花血汗钱买来的。

我当时不太明白为什么母亲还盐时要添上半勺，后来长大一些，我就懂得了，这添加的半勺盐，就是所谓的"人情"，它胜过一切客套的语言。长期以来，母亲用她朴素的行为潜移默化地影响着我：和人打交道，不能亏欠了人家。

邻里之间，常常就这样好借好还，相互救急。

有一天，一位邻居急慌慌地跑到我家来，向母亲借鸡蛋，说家里刚刚来了个亲戚，不巧家里的鸡蛋昨天都卖光了，一个也没有留。母亲立即转身从里屋的小竹篮里摸出六个鸡蛋，一手抓着三个，塞给邻居。邻居稳稳地接过鸡蛋，连忙道谢说："过两天家里鸡生了蛋，我就还过来啊。"母亲说："不急，不急，这有什么可急的。"邻居说："你也要等着卖钱啊。"

"等着卖钱"，还真不是一句客套话。那时每家都养有十来只鸡，正常的话，每天也能收获三五个鸡蛋，但即便如此，家里的鸡蛋也不是随意吃的，大多积攒起来，待挑着筐子的人挨家挨户吆喝着收鸡蛋时卖掉，换点零用钱贴补家用。

所以，招待客人时，鸡蛋往往算是家里比较珍贵的食材了。配上几个青椒或几根小土葱，炒几个鸡蛋，也算得上比较客气的招待了。

当年新的稻谷和油菜籽还没有收割上来，而陈年的米和油又已经吃完了，这便是所谓的"青黄不接"了。在农家，这是极其常见的事。于是，他们便要去邻居或者亲戚家里借点米或油回来救急。朴实的乡亲们少有遮遮掩掩、吞吞吐吐或者找个借口拒绝的，相反，都尽可能地出手帮助。

当新稻谷和油菜籽收回来加工之后，他们会在第一时间选择品质上等的米和油还过去，丝毫不会怠慢，也绝不含糊。他们会将借来的东西牢牢地记在心头，识字的人还会在家里的某个地方记下来，生怕忘记了。碰面的时候，也总是主动提起一下，让人家知道自己没有忘记。

谁家里办喜事了，就会把周围邻里几家的碗、盆、筷子、汤勺和板凳都借过来，用完之后，清洗干净了再还过去，顺便带点糖果、饼干，作为答谢。

母亲曾经回忆说，我儿时读书的学费，家里不够的部分，都是向亲戚东拼西凑借来的。等家里卖了猪仔就还了，最迟也会在年前还上，一般不会超过大年三十年夜饭那个点的。遇到特殊情况，当年实在还不上的，那一定要在过大年的前几天主动登门，一而再、再而三地说明清楚，表达歉意，这是欠了人家一个莫大的人情啊！

逢年过节的时候，谁家有点好吃的东西，也会相互送点。比如谁家做米面了，会给邻家孩子送点；谁家做圆子了，会给邻里送去几个；谁家杀年猪了，会请亲戚们过来吃个饭，会给邻里送点猪肝和猪血什么的。

邻里、亲戚之间借来借去、送来送去，体现的是乡亲们内在的善良与纯朴，是彼此之间的理解与信任。一来二往，大家有说不完的话，聊不完的天，也在一次次的借来借去中增进了感情。这般的亲情友爱，也像酒一样，越久远，越醇厚。

时光悄悄地改变了这一切。现在呢，有钱了，家里的日常用品也不缺了；即便缺了什么，也不用借来借去，百米外的超市应有尽有，都能买到。邻里、亲戚之间的走动，渐渐地少了很多。我在闲聊时也常常问起母亲："现在怎么不像小时候那样了，家里有点好吃的，也给邻里送点过去？"母亲说："谁还稀罕呢？"语气中颇有几分惋惜。

一个多月前，我的二姨爹爹仙逝了，我是后来和母亲通话时才听说的。我责怪母亲当时怎么不打电话告诉我一声，我应该回去一趟才对。母亲说："你们这辈在外面打拼的年轻人，路太远了，都没通知了，几个老表也都没有回来。"

听到母亲的解释，我感到很遗憾。挂上电话之后，一种沉重而压抑的失落感从心头生起。二姨爹爹已经86岁高龄了，算是寿终正寝，应该没有太大的遗憾了。在我小的时候，二姨爹爹常常步行五六里路来我家做客。他慈祥得很，特别爱热闹。每次来我家，父亲总会陪他喝上几杯品质很差的散装白酒。有些年头不见他了，但他的音容笑貌，我是记得清清楚楚的。

如今，如果让我选择的话，我更倾向那个简单的、借来借去的岁月。虽然日子过得窘迫了些，却那么有温度，那么有声有色。在闹市中生活久了，我特别怀念儿时乡里乡亲间那种别样的、浓烈的氛围。

2020 年 7 月 3 日

乘凉是一段故事

　　乘凉是很久以前的事了。在农家，乘凉是炎炎夏日里每天农忙之余最为惬意的一段时光。

　　那时，乡下没有通电，风扇和空调就别提了。夏季最热的两三个月，对农家人来说，是一种煎熬。矮小的农家屋子里不通风，气温常常比室外还高。身上的衣服整天都是湿漉漉的，贴在身上，让人很不舒服。既湿又热的天气熏得人坐立不安，男人们干脆都光起了膀子。

　　那时，家家门前都有几棵大树，舍不得砍去，是留着乘凉的。一片树荫，就是夏日里乘凉的绝好地方。中午时分，人们从烈日下的农田里干活回来，会拎个小板凳，带上一大瓷缸子茶水，坐到树荫下，乘一会儿凉。偶然一阵凉风吹来，便是上天的恩赐与奖赏。

父亲常常端上一盆冷水，泼到树底下，一股股热气瞬间从地面升起，带有裂缝的大地发出"滋滋"的响声。不用两分钟，地面就干了，我们再坐过去，心里便能感觉到多出了一丝凉意。

母亲做好了饭菜，喊我们吃，我们盛上一大碗，端到树底下来。有时父亲干脆搬来一张大椅子，三两道菜放在上面，这样便省得我们进进出出了。我常常担心会有鸟屎从树上落下来，母亲总是开玩笑地怼我说："若是正好掉到你碗里，那算你运气好。"事实上，常常会有这样的"好运"。

酷热的三伏天，正是"双抢"这个农忙时节，白天人们忙着抢收抢种，到了晚上才能消停下来。

家旁边有一片小山坡，地势高一点，上面光秃秃的，一点点野草也被人踩没了。周围一棵树也没有，不遮风，是晚间乘凉的一块宝地。其实，这里是一片坟地，一字排开，约有七八个坟头，坡下方是一片望不到边的农田。没有人害怕这些坟头，包括我们这些小孩子，因为大家相信，坟头里面埋的都是村庄里上一辈的老人，他们生前与我们很亲，死后也不会"加害"于我们。

大家喝完了稀饭，收拾好，洗过澡，此时天色也渐渐地暗了下来。人们陆续地扛来自家的竹床，带上几只小凳子，再拎着一壶水，在山坡上找个平稳的地方放好。就近的五六户人家似乎约好了似的，都在差不多的时间里过来了。每人手里还拿着一把蒲扇，或新或旧。

大人们开始闲聊，孩子们趁着月光追逐打闹一阵。我们常常带个小瓶子，到处捉萤火虫。疯够了，再躺在竹床上休息，看数不清的星星。满天繁星之下，蛙声与虫鸣声此起彼伏，甚是热闹。

大人们喜欢聊家常，聊的都是方圆七八里范围内的事，常常有消息灵通的人为披露了一件大家都不知道的事情而自豪不已，在别人的频频惊诧声中感到无比的兴奋。他们还喜欢讲鬼故事，从来没见过鬼，都是听上一辈人说的，却总是讲得好像亲眼见过似的。孩子们怕鬼，很想听，却又很害怕，常常抱着大人们的腿不敢松开。

母亲说的那个"狼叼小孩"的故事，我听过无数遍了。说的是一个夏天的半夜里，村里人在外面乘凉时睡着了，一只狼过来把一个几岁大的小孩悄悄叼走了，大人们都不知道。第二天早晨，人们才发现小孩丢了，还发现附近几条田埂路上的黄豆秆子全被人连根拔起来了，一棵不剩，说一定是那个孩子被狼叼在嘴上逃走时一路拔的。

故事讲得活灵活现的，画面感很强，让人感觉仿佛就在现场一般，吓得我们不敢吱声，也不敢跑远了。后来长大一些，我问母亲那个小孩最后找到了没有，母亲说："不知道呢，小时候听你外公外婆说的，估计被狼吃了吧。"哎，原来也是个听来的故事。

渐渐地，我们也不那么害怕了，因为我们压根儿就没见过狼，但"狼叼小孩"的故事还是牢牢地刻在了我们童年柔软的心窝里。

有一天晚上，我们一家人在山坡上乘凉到下半夜，睡得迷迷糊糊的，母亲怕我们着凉，把我们从睡梦中喊醒，让我们回屋子里去睡。朦朦胧胧的月色下，父亲扛着竹床走在后面，我拎着小凳子半眯着眼走在最前面。刚进家门，只见两只发绿光的眼睛直勾勾地盯着我，吓得我下意识地尖叫起来，大声喊着："有豺狼啊！"

父亲也被我突如其来的尖叫声吓得不轻，扔下竹床，一个箭步冲到我前面，大声吼道："豺狼在哪？"很快就证实了这只是虚惊一场，两眼放绿光的不过是一只老猫。我们的叫声惊醒了所有在山坡上乘凉的人，我的一惊一乍，后来也成了一段故事。

夏天里最热的那一二十天，傍晚时分，父亲还会在门前的稻床上铺一片稻草，竹席放在上面，用竹竿支起蚊帐，我们乘凉之后，就在外面过夜了。母亲总是用冷水将席子擦了又擦，我将身子贴在上面，滚过来，滚过去，凉飕飕的。

我常常在半夜里一觉醒来，发现星星就在上方，一下子不知道自己在哪了，半天才能回过神来。我从蚊帐里钻出来，跑到不远处的小树边撒尿。夜里的风很凉很凉，吹得人很舒服，小虫子大多也消停了，周围很是安静，钻回蚊帐里，又睡了过去。

天刚亮，我们就早早起来了，父亲把床铺拆了。门前又成了一片空地，铺满刚刚收割回来的稻谷。

时光走得很快，几十年过去了，让人来不及记住事物演变的过程。

如今有了电扇，有了空调，没有人再出来乘凉了。门前的山坡上长满了荒草，足有一人多深。村子里当年和我一起乘凉的人，有的已经安葬在山坡里面了。

2020 年 7 月 24 日

草　　垛

外婆有五个女儿，母亲是三女儿，嫁在同一个庄子里，距离外婆家只有三四百米，其余四个女儿都嫁得比较远，最近的也在两三里路之外。

在过去，出行几乎都是靠两条腿走路，几里路的距离也不算很近。所以，距离上的远近，也是过去乡村人家联姻中考虑的重要因素之一。正是因为路近的便利，外婆年老时，没事便常到我家来串门，找母亲聊聊天，而其余几个女儿家，她一般一年只去个一两次。

每次看到外婆从草垛前慢悠悠地走过来，我和小妹就大声地呼唤母亲，并搬来凳子请外婆坐下。母亲放下手中的杂活，陪着外婆聊天，我和小妹也停止嬉闹，坐在他们的身旁，听他们讲东家长、西家短的事。

草垛是父亲用当年的稻草堆积起来的，留着冬天的时候喂牛、烧火。每年稻子收割回来之后，父亲都娴熟地堆起一个小山丘一般的草垛。

乡村里几乎没有什么大事，这两天会不会刮风下雨，哪家儿子、女儿今天去相亲了，最近鸡蛋、鸭蛋多少钱一个，这些琐碎的小事，都成了外婆和母亲之间极有趣味的话题，往往一件小事都能说上半天。

有时说到开心处，外婆和母亲还会开心地大笑起来。我们不明白怎么回事，也常常跟着傻笑。外婆和母亲便反问我们：“你们小孩子啥都不懂，笑什么？”逗得她们又笑起我们来。

农闲的时候，隔壁的邻居们也会凑到草垛边来一起聊天，一直聊到都要回去烧饭的时候，大家才意犹未尽地散去。

晴好的冬日里，农活不多，坐在门前避风的草垛边聊天晒太阳，是农家人最惬意的事情。外婆和母亲有时也和我们一样，不愿意端端正正地坐在凳子上，而喜欢一屁股随意地歪在枯草堆里，自由自在地伸直双腿，一副放松舒服的样子。

我们就散坐在外婆和母亲的腿旁，无忧无虑的，心里亦如冬日阳光一般的灿烂与温暖。偶尔外婆还从口袋里摸出一两颗糖果来，神神秘秘地塞给我们；如果只有一颗，外婆会把糖果从中间咬碎成两半，我和小妹平分。吮吸着甜到心底的糖果，那种感觉，真是妙不可言。

我小时候的成长印象，似乎就是成天与外婆和母亲黏着一起的，她们做什么，我就在一旁看着、玩着。她们就这样一直陪伴着我慢慢长大，而她们也这样慢慢变老。

我小学毕业的时候，外婆去世了。那年，我对死亡还没有什么概念，似乎也不知道这意味着什么。后来的事实是，我们再也没看到过那个从草垛边弓着腰慢悠悠地走过来的、瘦小而熟悉的身影。从此以后，我们的生活里便没有了外婆。今天看来，这可能就是我对死亡的最基本的概念了。

初中三年，学校离家不远，放学回来，我经常能看到母亲和邻居们在草垛旁闲聊。那时课外作业不多，我们常常也凑到一旁玩一阵子。性急的邻居看到我们就说："啊，伢都放学了，光顾着聊天，我还没烧锅呢。"

就这样，在上学、放学、玩耍、嬉闹之中，我们一天天地长大了，一晃初中也毕业了。当年我比较幸运地考进了枞阳县浮山中学，这是县里的重点中学，学校在三四十公里之外，这就意味着我得住校了。

开学报到那天，我背着母亲提前几天就准备好的行李，跟在父亲后面，心不甘、情不愿地出门了，心里极不是滋味。母亲也知道，跟在我们后面说："外头当心啊，国庆节放假回来啊。"

高中、大学这几年，我已经长大成人，可以独立生活了，但我还常常趁放假的时候奔回来，找回内心深处那些特别熟悉的感觉。

大学毕业走上工作岗位之后，就真的离开了家乡，离开了父母，离开了他们的滋养和陪伴，离开了熟悉的一切，开始了人生旅程中全新的生活。

工作的这些年来，我也常常抽空回去，看看亲人，看看村庄的景象。后来，父亲也走了，我回去更频繁了一些，陪陪独自在老家生活的母亲，陪她过年过节，陪她聊聊天。

最近一次回家，我发现门前的山坡上还堆有几个草垛，上面压着一些枯枝和几根朽木。风吹雨打中，稻草已经严重毁坏变色了，阳光照在上面，显得很灰暗。

我不知道这些草垛是母亲哪一年堆积的，至少得有几年的时间了吧。如今，家里有了煤气灶，门口杂树枯枝也很多，用不着稻草烧火了。稻草不仅烟大，还不经烧。家里也很多年不养牛了，这堆枯草估计是派不上用场了。

我想，也不会有人再坐到这个破落的草垛旁聊天晒太阳了。这些年来，年轻人很少待在村子里，伢们也别无选择地跟着大人们走了，老人们也越来越少，很多人家常年锁着门。

　　看着这些寂寞的草垛，我更想念他们。

2019 年 10 月 18 日

滚 铁 环

在老家的门前闲逛时，我偶然发现不远处的树丛里有一个破旧的、已经散了架的木桶，这是很多年前家里用来挑水的。吸引我眼球的不是这几块散开、变形的木板，而是木板外围这一大一小、两个已经锈迹斑斑的铁环，这是儿时给我们带来无穷欢乐的铁环。

那时，滚铁环的游戏特别流行。因为材料相对易得，制作过程也比较简单，所以当时孩子们几乎人人都拥有一套自己的铁环，走到哪，就滚到哪。

想方设法地找到一截粗一点的铁丝，做一个直径五六十厘米的圆形铁环，再用老虎钳子扭一个顶头是"U"字形的铁钩子，另一头固定在一段一米来长的竹棍上。用这个带有铁钩子的竹棍，推着铁环向前滚动，便是儿时我们最有趣味的运动与游戏了。

后来，不知是谁最先惊喜地发现，家里废弃的水桶上部那个将近一厘米宽的铁圈，不仅是个标准的圆圈，而且坚固厚实，将其拆下来，便是一个现成的、非常理想的铁环。

很快，一些人就率先用起了这样的好铁环了，他们得意极了。这可把家里暂时没有废弃水桶的小家伙们急坏了，对到处显摆、嘚瑟的伙伴既是羡慕，又是嫉妒，也搞得我每每不经意间在自家厨房里瞥见水桶上的铁圈时，眼睛就发直、发亮。

滚铁环的场地最好是平坦的路面，坡度不大的小山坡也行。当然，娴熟的高手们也就无所谓了，在他们眼里，处处都是好路。

我们几个玩在一起的小伙伴们就常常滚着铁环上学、放学。在弯弯曲曲、崎岖不平还有很多沟沟壑壑的田间小路上，中间还有独木桥，滚着铁环向前跑是有一定难度的，没有娴熟的功夫与技巧，轻易就会将铁环滚到水沟里。但这难不倒我们，我们常常滚着铁环，有说有笑，一路小跑。在"咯吱——咯吱——咯吱"的响声中，时光被我们抛在了脑后，家和学校的距离也悄悄地缩短了很多。

我们也常常聚在一起比赛，门前屋后，你追我赶，看谁推得稳，跑得快，最先到达约定的目标地点。有的家伙标新立异，还在铁环上套两三个小环，滚动时声音更响亮，更带劲。大家驾驭着自己的铁环飞驰，其乐趣堪比成人世界里的赛车。

一个简单的铁环，我们可以从早滚到晚，不知道疲倦。常常不知不觉中，一天就轻轻松松、有滋有味地过去了。这不仅为我们的童年带来了无穷的快乐，也给了我们强健的体魄、灵巧的身躯和顽强的意志。那些年，我们仿佛有着永远也消耗不完的精力。

时光匆匆，转眼间，三十年就过去了。离开家乡去外地上高中之后，我就再也没有滚过铁环了。不知从何时起，如此有趣的游戏在乡间日渐冷落了下来。老家的门前屋后、晒谷场上、田间小路，也见不到铁环和孩子们追逐欢笑的身影了。

这些年，乡村里的孩子们大多跟随着父母到城里学习、生活去了。一到了城里，时间就交给了繁重的学业。听母亲说，村里的小学只有几十个孩子了。母亲还说，再过几年，庄子上可能就看不到小孩子了。

人的一生当中，童年似乎是最短暂的，一晃就长大成人了。所以，童年显得特别宝贵。对任何人来说，童年就是童年，在童年的时光里，他自己蓬勃生长，他不为别人存在，也不为人生的任何其他阶段存在。

　　这短短的十来年童年时光里，乡野里的我们整天无所事事，玩玩闹闹，看似懵懵懂懂，甚至荒废了光阴，但对于我们来说，其中生长的意义重大无比。长大之后，这段时光里的经历与体验，都成了我们最美好、最悠长、最珍贵的回忆，伴随着我们的一生，难以忘怀。

　　和滚铁环一样，跳房子、踢毽子、抓石子、挑花绳、跳皮筋、丢手帕、弹弹弓、打四角、斗膝盖、占国家、抽陀螺、打水漂、掏木蜂、藏猫猫、过家家、抬花轿、弹玻璃球、玩东南西北、捉萤火虫、老鹰捉小鸡……儿时的这些充满童真、童趣的游戏，也都早已成了过去。

　　但在我的记忆里，它们依然很清晰，仿佛还在昨天，一口气我便能一个不落地数列出来，脑子里还会冒出玩耍时的画面来。它们给予我们的，是对乡村和乡土的一份深深的印记，也是对童年悠悠岁月的无限怀念与向往。

　　"时光一逝永不回，往事只能回味"，虽然时光再也回不去了，但想起它们，想起往事，一切尽是美好。

　　就像今天我偶然看到的铁环，虽然三十年没有玩过了，但它在我的心里，却早已凝固成了一种热情奔放、肆意奔跑的姿势。看到它时，我又不由自主地握紧了拳头，望着远方，要向前冲……

2020 年 10 月 27 日

卖　零

　　在我童年的时候，只有村部的旁边有一个小卖部，成了数十个庄子的"销售中心"，日常用到的食盐、红糖、煤油都是从这里购买的。除此之外，各个庄子上都没有买东西的地方了。与此同时，乡间出现了一类我们管他们叫"卖零"的生意人。他们挑着两只上面装有透明玻璃的箱子，手里拿着一只小小的拨浪鼓，一边慢慢地走，一边摇着小鼓，一边大声地吆喝着。形象一点说，这便是当时乡间的"流动超市"吧。

　　他们不是我们本村子里的人，口音也不完全一样，我们和他们也不熟识，应该是从外乡走过来的吧。在那个年代，他们脑子灵活，思想前卫，颇有经商意识，又能吃苦耐劳，实在是难能可贵。

那箱子里装的都是些针头线脑的零碎的东西，但品种与花样很多，而且都很实用，像女人扎辫子的头绳、橡皮筋，男人爱抽的香烟、喜欢的烟斗，小孩子们玩的火药、玻璃球，以及家里做衣服做鞋的纽扣、拉锁、针线，还有各种糖果与小零食。对于农家人来说，这几乎是应有尽有了，而且有些小东西连村子里的小卖部都买不到。

除了用钱买之外，也可以拿东西换，鸡胗皮换针，牙膏皮换头绳，乌龟壳换毛线，头毛辫子换肥皂，都是可以的。

我很喜欢听这"扑棱棱——扑棱棱——"的鼓声，也很喜欢听这"卖零的了哟——卖零的了哟——"的吆喝声。他们不是天天都来村子里，有时候很多天也不来一回，所以他们成了庄子上很稀罕的"客人"。

对于童年的我们来说，那两只神秘的箱子简直就是世间的宝藏，有着无穷的诱惑力。里面各式各样的零食与玩具，我们隔着玻璃看一看，摸一摸，也能解点心里头的馋，过点心里头的瘾。

我拿来母亲给的、藏在家里抽屉里的几分钱，忍住嘴馋，买了一张纸的火药，上面有几十粒。我自己做了鸡毛枪、链条枪，听着那一声声的枪响，是最令人兴奋的事。

卖零的人人缘很好，他们很喜欢我们这些活跃的孩子。我们有时不买东西，就想摇摇他们手中的小鼓，他们也会慷慨地给我们摇几下，让我们过足了瘾。然后，我们龇牙咧嘴地傻笑，跟在他们后面跑。有人喊着要买东西，他们就停住了，我们就围着他们转，一直到他们离开庄子走远了，我们才回来，还不忘在庄子里扯着嗓子学着他们叫唤几声："卖零的了哟——卖零的了哟——"

那时候，我们快乐得都不知道时光是怎么过去的。

我到外地上高中之后，除了寒暑假，很少在家里待，也就很少见到卖零的了。记不得从什么时候起，他们就再也没有来过庄子上了。也许一些事物的消逝，总是悄悄地，让人不知不觉，等到我们猛然想起他们时，时间已经过去很久了。

现在，每个庄子上都有小超市，货物也很齐全，生活里的柴米油盐酱醋茶以及农家离不开的化肥、农药和种子，啥都有。庄子上的人很少，大多在外面打工，一年到头也不回来。听母亲说，超市的生意也不太好。

那天在老家，我问母亲："现在还有人挑东西到庄子上来卖吗？"母亲说："有时也还有啊，但很少了，现在不用挑了，骑的是电动三轮车，有卖豆腐、千张、茶干的，有卖西瓜的，也有卖鱼、卖菜的。"母亲指着桌子上碗里的几块新鲜的豆腐对我说："你看这豆腐不就是早上我听到有人在塘边叫卖，我去买的吗？”

我从小就喜欢吃豆制品。在儿时生活贫苦的时候，一块豆腐或者几块茶干，便是餐桌上的好菜。为了改善我们的生活，母亲经常大清早起来，站在厨房门口，竖着耳朵注意听，生怕没听见挑担子的人的吆喝而没有买到。这次母亲知道我要回来，所以早上又特地买了些豆腐。

直到今天，我依然很喜欢吃豆制品，除了豆制品自身的营养与美味之外，也许还因为我是个很念旧的人吧。母亲这句平常的话，又让我浮想起了很多过去了很久却依然清晰的画面。

现在，我离村庄远了，很久没有听到这各种各样的吆喝声了。它们是乡村变化的印记，也是时光留在乡村里的痕迹，永远地留在了那里。

我想，如果有一天清晨，我从乡村的睡梦中醒来，猛然听见这一声声熟悉、纯朴的吆喝声，刹那间划破宁静的村庄，我想我会感到激动的。这份激动里，既有童年时美好的念想，也有当下的满足与幸福。

村庄在发展，很多东西在发展中将渐渐地销声匿迹，并与我们渐行渐远了，但我们依然会在不经意间想起它们。慢慢地，它们便在我们心中，成了一份厚重的记忆，就像那些一直萦绕在村庄里的、持续而简单的吆喝声："卖零的了哟——卖零的了哟——""卖豆腐、千张、茶干哟——卖豆腐、千张、茶干哟——""磨剪子戗菜刀哟——磨剪子戗菜刀哟——"

这吆喝声，一个人站在村口，闭上眼睛，仔细地听，准能听到。

2021 年 8 月 25 日

辑三 ｝ 羁人又动故乡情

    岁月不仅仅模糊了我们的记忆，还模糊了我们年少时那颗澄明透亮的心。我想念那碗排子面，也是想念那段岁月，岁月里那些东西，那些事，那些人。我知道，它们已经远去，不会再回来了。

黄昏过桥是我家　汪晓彬画

想念那碗排子面

　　老家枞阳有一种面条极有特色，我们一直都管它叫"排子面"，是通过传统手工技艺，将早籼米制作成一种呈圆杆形的米面。至于为什么叫"排子面"，我至今也说不清楚，我想可能和其成品时的形状有关吧。面条做好后，晒干成一张 16 开纸大小的小栅栏网状模样，然后一排排地叠放整齐。

　　和普通米面不同的是，排子面在制作过程中，使用的是纯籼米。除此之外，不添加任何东西，采取的是自然发酵工艺。所以，排子面特别容易消化，更适宜老人、孕妇、小孩食用。

　　因为经过自然发酵，所以排子面吃起来有种酸腐的味道，初次品尝的人很可能会错以为是面条变质了，其实不然，这恰恰正是排子面特有的风味。这有点像外地人第一次品尝安徽的名菜臭鳜鱼，总以为它坏了似的。

由于排子面制作工艺比较烦琐复杂，因此普通农户人家一般是不会自己做这种面的。当每年新鲜早籼稻收割回来的时候，那些有此传统手艺的人家就开始集中制作排子面了。

取优等的早籼米浸泡，发酵七天左右时间后，用石磨将其磨成米浆，用老布做成的布袋沥干其水分，再将去水后的浆体揉成米团子进行"蒸粉"；蒸熟后用石臼舂成泥状，再放进器具挤压成面条形状，之后上锅进行二次蒸熟，出锅后用手工盘成"排子"形状；拿到太阳底下暴晒两三天，待彻底干燥后收拾起来贮存。

排子面制作起来很复杂，吃起来也比普通面条要麻烦一些。先要将整块的干面条掰碎，再用冷水浸泡 5 小时左右，冬季时头天晚上就得浸泡，泡好后捞出来沥干水分，煮或者炒就可以了。

将铁锅烧热，倒入一点农家压榨的菜籽油，待油散出浓郁香味的时候，放入浸泡好的米面，翻炒一两分钟后，倒入适量的水再煮两三分钟，加一点盐与葱花，即是一锅美味可口的面条。如果能配上鸡汤或者骨头汤，味道更是鲜美无比。

　　在物资匮乏的那个时代，排子面非常金贵，吃一顿清水面都难，更别说配上鸡汤、骨头汤了。普通人家平常时候几乎是不会购买排子面的，只有家里有人坐月子或者有人生病了，才有可能买一点，下一碗鸡汤排子面，补补身子。

　　坐月子或者生病的人常常胃口不好，排子面发酵过程中形成的酸味正好中和了鸡汤中的油腻，实现了营养与口感的绝佳搭配，让人在胃口不佳的时候也能吃得很香。

　　记忆中我只吃过一回排子面，是在我很小的时候和外婆一起到亲戚家送祝面时蹭到的。那时，外婆走亲戚时经常带上我，我才得以有机会吃到一小碗鸡汤排子面。

　　看着眼前那一小碗鸡汤排子面，我的眼睛简直放出了光来。煮好后的排子面，没有了煮之前的那股烂树皮的腐朽味道，而有着特别的酸爽鲜香。那种独特的味道，让人很难忘记。看我狼吞虎咽的样子，外婆悄悄地从她的碗中拨弄了一点给我。那一小碗排子面，深深地沉在了我的心底，记忆留存至今。

　　后来我再也没有吃过排子面，也没有再看到过。时光轻轻一晃，三十多年就过去了。那天与母亲闲聊时，母亲偶然说起前几天她在镇上的一家超市里看到还有排子面在售卖。从母亲的语气中可以听得出来，母亲也觉得有点稀奇。我问母亲有没有买一点回来，母亲说："没呢，又没人坐月子，排子面比普通米面贵多了。"在母亲的记忆里，排子面也是很金贵的。

下次回老家时，我会去镇上买一点排子面回来，美美吃上一顿，再找一找儿时记忆中的味道。我不知道如今的排子面还是不是当年的那个味道，我也不知道我是否还能清晰地吃出那个味道来。

如今常常听人说，这年头食物都变了味，怎么吃都不香了，黄瓜没有了黄瓜味，茄子没有了茄子味，辣椒也没有了辣椒味。或许，岁月不仅仅模糊了我们的记忆，还模糊了我们年少时那颗澄明透亮的心。

我想念那碗排子面，也是想念那段岁月，岁月里那些物，那些事，那些人。

我知道，它们已经远去，不会再回来了。

2019 年 10 月 26 日

土 鸡 蛋

我常常从路边的早餐车上买两个水煮鸡蛋作为早餐，一是因为携带和食用都很方便，二是因为其价廉物美，一个一块钱，早餐两块钱就够了，而且味道也不错，营养也比较均衡。

尤其是冬天的早晨，我几乎每天都会买上两个。除了这两个原因以外，更是因为喜欢它的温度，握在手里，那种持续的、热乎乎的感觉非常好，在寒冷的天气里，总能让人想起一些温暖而美好的事情。

我的童年，正处在物质比较贫乏的二十世纪七八十年代。那时，农村的一般家庭都非常贫困，家里的鸡蛋是舍不得吃掉的，大多数都用来换钱，贴补家用。有时很不巧，鸡蛋刚卖掉，家里就来了客人，只好悄悄地从邻家借几个回来招待，尽量不让客人知道，否则会有几分尴尬的。

如今，鸡蛋已成为百姓餐桌上最常见的食材之一了，几乎餐餐都有，人们更多的是从健康的角度考虑能不能多吃的问题。

母亲在农村老家生活，也养了十多只老母鸡，鸡蛋是不缺的。我常常在电话里跟母亲说，鸡蛋营养价值很高，每天一定要吃一个，别总想着要把它卖掉，又不值几个钱。

我回老家时，常常无意中听到母亲一个人嘀咕，鸡蛋才几毛钱一个，我就知道，母亲最近又卖鸡蛋了。每次我都忍不住"训导"母亲一遍："家里鸡下的一点鸡蛋，要卖掉干什么呢？留着自己吃啊！"母亲总是轻描淡写地回答我说："不也经常吃吗？哪能吃得掉啊？"

我不知道家里的鸡蛋是不是真的吃不完，也不知道母亲说的"经常"是多大的频率，一天一个，还是几天一个？我也不知道母亲是不喜欢吃，还是像从前一样舍不得吃。也许，很多事情，我永远也得不到真实的答案。

逢年过节的时候，我一般都回家看看母亲。母亲似乎已经掌握了这个规律，在我每次回家的时候，总是给我攒了上百个鸡蛋，放在屋里阴暗的墙角处，用一块布盖着，防止蚊虫叮咬，让我走时带回省城。

我知道，家里只有十多只老母鸡，按平均每天三四个计算，一百个鸡蛋就得攒一个月的时间才行。事实也证明，有些鸡蛋早已不新鲜了。我回来打开鸡蛋的时候，发现有些蛋黄都已经散开了。因此，我常常叮嘱母亲："家里的鸡蛋就留在家里自己吃，每天吃上两个新鲜的，这样正好，我要吃鸡蛋的话，到家门口的菜市场买，既方便，又便宜，还新鲜。"

母亲一边还是那句"不也经常吃吗"，一边认真地给我"上课"说："家里的鸡是吃稻谷的，是笨鸡，下的蛋是土鸡蛋，营养好；你们城里的鸡是吃饲料的，是洋鸡，下的蛋是洋鸡蛋，没营养。"

我知道事实并非如此，我也要给母亲"科普"一下。我告诉母亲："土鸡蛋、洋鸡蛋都是鸡蛋，成分几乎是一样的，营养价值也没有什么区别，只是口感上略微有点差别而已。"这一点，母亲始终不信我，说："电视上都播过，土鸡蛋好。"我说："你看的那是广告呢。"

有一次，母亲还"神秘"地对我说："你可知道，你们城里那洋鸡蛋里面有激素。"我不知道一字不识的母亲是怎么晓得"激素"这个东西的，估计是从哪里道听途说来的。母亲根本不会明白"激素"是怎么回事，但这更让她坚信土鸡蛋比洋鸡蛋好。

所以这么多年来，每次回老家的时候，我总能得到一篮子土鸡蛋，而且总发现里面有一些不够新鲜的。这一篮子鸡蛋，是母亲一个个费尽心思积攒起来的。母亲每次从鸡窝里捡起鸡蛋的时候，一定会想起遥远的我，就像我每次敲开鸡蛋的那一刻，总能想起遥远的母亲一样。

每一枚鸡蛋，都是有温度的，它连接了我与母亲，连接了过去与现在，连接了他乡与故乡；任何时候，它都能将遥远的时空拉得很近很近。

我发现，长时间在外奔波的人，总会感觉到有一些东西牵绊着你，在某一刻敲打起你的心，它们或是一种食物，或是一段回忆，或是电话那端反反复复的那几句话。

再坚强的人，都有软肋，就像我，总喜欢在寒冷冬季的早晨，在路边等公交车的时候，从早餐车上买两个热气腾腾的水煮鸡蛋，一手握着一个，持续感受着它的温度。这温度，仿佛来自遥远的、让人心疼的故乡。

2019 年 6 月 28 日

农家的豆酱

　　前些天回老家，我下厨房炒菜时，母亲在一旁递酱油给我，我问母亲："现在村子里的人怎么都不自己做酱了？"母亲说："现在谁还自己做酱啊，好多年都没有人做酱了，超市里买酱油，多省事啊。"

　　很多年前，豆酱是农家除了油盐之外最主要的调味品。每年夏天黄豆、蚕豆收获回来的时候，家家都会做一大瓷坛子豆酱。

　　将晒干的新鲜黄豆、蚕豆炒熟磨碎，发酵好后装进瓷坛里，加上适量的盐和凉开水，搅拌均匀，放到门前对面的池塘埂上晾晒。池塘埂上很少有人走动，放在那里晾晒最安全，不用担心有人路过时不小心踢翻瓷坛。

大家就像商量好了似的，要不了几天时间，家家都把发酵好的豆酱搬到池塘埂上来晒。数十个瓷坛子大大小小，一字排开，整整齐齐，蔚为壮观。

晾晒期间，不能让雨水滴进来，所以一到晚上及雨天，大家都要用塑料布或者破旧的斗笠将坛子盖起来。为了晾晒均匀，人们还经常搅拌一下自家的豆酱，看着豆酱色泽每天在微妙的变化，心里偷偷欢喜着。

就这样连续晒上半个多月，一大瓷坛子色泽诱人、香气扑鼻的新鲜豆酱便制成了。在某一个傍晚，太阳落山之后，大家各自将自家的豆酱收回家，将瓷坛子抱在怀里小心翼翼地往回走的时候，那种收获的满足感溢于言表，像从地里挖出了一罐子金元宝似的。

那时农家没有各式各样的酱油，家家只有豆酱。一大瓷坛子豆酱，一户人家正好可以吃上一年。

在热锅里放一勺子菜籽油，将数十个撕成块状的土青椒倒进去翻炒片刻，放入两勺子豆酱，再加少许清水，翻炒几下盛起来，就是一盘下饭的上等好菜。

从鸡窝里摸来两个鸡蛋，在灶台边缘敲开，放到大蓝边碗里，放一勺子豆酱一起搅匀，加上清水接近碗口，添半勺麻油，放到饭头上，不一会儿，一碗厚厚实实、香喷喷的蒸鸡蛋就和米饭一起做好了。

如果青椒和鸡蛋都没有，也没有关系，舀三五勺豆酱放进一只小碗里，加两勺磨碎的红椒糊，再加一勺子炼好的菜籽油，搅拌一下，放到饭头上蒸一会儿。当锅盖揭开的时候，必定满屋飘香，让人口水直咽。

一小碗辣椒酱，便是极好的下饭菜，常常因为它，一家人将一锅饭吃到见底。农家的生活极其简单，没有什么花样，却也能想着办法，尽量将日子过得有滋有味。

我对农家豆酱的记忆还有儿时的一些零散的趣事，常常会在某种情境下不经意地回想起来。

那是炎热的夏日午间，我们一群孩子趁大人午休时，光着屁股溜进池塘里泡澡。我们常常游到池塘的对岸，爬到塘埂上，将几根手指一同伸进豆酱中，沾满豆酱后再蹑手蹑脚地溜回池塘里，身子蜷曲在水下，将头和手露出水面，悠然自在地舔着粘在手指上的豆酱。

在那个几乎没有零食的年代，豆酱也成了我们这些孩子们嘴里的美味。就像母亲藏在橱柜上头的半罐红糖一样无比诱人，炎热的夏日里，一坛坛豆酱对我们也构成了无尽的诱惑。

满足口腹之欲后，更有调皮的家伙们还乐呵呵地对着瓷坛子撒尿比赛，看谁尿得精准。后来，我实在忍不住，便将这一秘密告诉了外婆。我以为外婆会打我们的屁股，没想到外婆居然笑着说："没事的，小孩子们的尿撒进去，搅搅晒晒酱更香。"我有点想不通。

　　家乡当年的豆酱，虽然不是什么珍品，却伴随爷爷奶奶、外公外婆、父亲母亲以及我们这几代人，走过了艰难而漫长的岁月，成了我们最熟悉、最有感情的调味品。

　　一年三百六十五天里，家家户户天天都能吃到豆酱。有这一大瓷坛子豆酱，家常便饭便鲜美了很多，农家清苦的日子也添了一些味道。

　　如今的超市里有着品种繁多、琳琅满目的酱制品，逛超市时我也常常停在这个区域看看，只是很少购买它们。

　　没有情感链接的东西，我总觉得它们是可有可无的。

2019 年 11 月 30 日

田园里的老丝瓜

吃过早饭，我和母亲在门前遛弯。

一抬头，我猛然发现旁边的几棵三四米高的树上，挂着数十根干枯的丝瓜，藤子上的叶子几乎落尽，仔细看上去，还能看到几根悬在空中的枯藤，紧紧地缠绕在树枝上。一切静谧无声，像一幅萧瑟的自然画卷，成为秋日田园里的一道风景。

我对母亲说："这么多丝瓜，怎么不趁它们嫩的时候摘下来吃啊？这多可惜啊。"母亲说："树那么高，哪能摘得到呢？再说，架子上的丝瓜结了那么多，我都吃不掉，也有不少都随它老了。"

我很喜欢吃丝瓜，天天吃都不厌烦的那种喜欢。清炒丝瓜、丝瓜炒鸡蛋、丝瓜炖毛豆米、丝瓜蛋汤，都是既好做又美味的家常菜肴。夏秋季节，在菜市场买菜时，看到摊位上鲜嫩翠绿的丝瓜，我总会情不自禁地买上几根。所以，当看到这么多丝瓜在树上干枯了，我自然觉得有些可惜。

上次回老家的时候正是暑假，母亲摘了很多丝瓜，整整齐齐地放在竹篮子里。看着它们纤长柔美的样子，想着它们清香脆甜的味道，那天中午，我就忍不住做起了丝瓜炒鸡蛋。

我先将两根丝瓜削去皮，切成段，放在碗里备用，再用两勺菜籽油在铁锅里炼熟，将三个打散的土鸡蛋炒至金黄色盛出来，再用半勺菜籽油将丝瓜清炒一下，加点清水和盐，再将炒好的鸡蛋盖在上面，焖一两分钟后，拍几瓣蒜子放进去，加一勺生抽，淋几滴麻油，翻炒两下就出锅了。这盘烹制过程极其简单的丝瓜炒鸡蛋，好看，更好吃。

母亲说："过几天没事的时候，我来把地里的藤子扯掉，要种小白菜了，丝瓜筋扯下来留着洗碗用，你也带几个回去，效果不比你们城里的钢丝球差。"母亲说的"丝瓜筋"，就是吊在树上那些老丝瓜里面的网状纤维，干枯、粗糙、轻巧，用来洗刷锅碗特别好。

自然界很是神奇，每一样东西都有它的用处，我很喜欢这天然的东西。我对母亲说："树上那么多，弄下来之后，你多给我几个吧。"母亲满口答应。

在我的印象中，当年外婆就是用丝瓜筋刷锅洗碗的。外婆在给我洗澡时，好像还用丝瓜筋搓过我身上的灰呢。那时，物质很贫乏，菜是不够吃的，外婆之所以能留一两根丝瓜让它们长到枯老，是因为这老丝瓜里的籽可以用作来年丝瓜的种子，让丝瓜的生命得以生生不息地繁衍下去，让日子也生生不息。

老丝瓜晒干、去皮、去籽后的丝瓜筋，就成了外婆得心应手的厨房清洁用品了。当年外婆和我家里用的水瓢也是外婆门前菜地里舍不得吃掉、专门留下来的老葫芦，外公用锯子锯成两半做成的。

外婆每天用丝瓜筋和破抹布将灶台擦得干干净净、清清爽爽的，这是一种生活态度，更是一种难得的品行。母亲耳濡目染，自然也养成了这种生活态度与品行，后来也影响到了我。

从夏季到秋季，从黄花到绿果，从鲜嫩到衰老，这是自然界永恒的规律。但望着悬在树枝上的老丝瓜，除了怜惜之外，我还是禁不住有些伤感。我想起衰老的外婆，在我还不谙世事的时候就走了，我记不住太多的和她相处时的往事；我看着眼前瘦弱年迈的母亲，害怕她也将老去。

　　枯藤上那数十根老丝瓜，是疼爱我的外婆、外公，是不曾谋面的爷爷、奶奶，是英年早逝的父亲，是一个个远去的亲人。太多的景象仿佛还在昨天，但它们真真实实地去了，永远也回不来了。

　　记忆中，外公在门槛上锯老葫芦做水瓢，外婆在用丝瓜筋刷锅洗碗，父亲干活累了，咧着嘴、皱着眉坐在田埂上使劲地抽烟。那些纯朴的音容笑貌，都回不来了，定格在眼前这枯藤上的一根根老丝瓜上。

　　此刻，它们安静得像一幅萧瑟的自然画卷，成为秋日农家田园里的一道风景；而他们，则成了我生命中的风景。我延续了他们的生命，成为这藤子上的一根刚刚成熟的丝瓜。我的下方，还有一根刚刚长成的小丝瓜，拇指那么长，头上还开着一朵鲜艳美丽的小黄花。

2020 年 9 月 30 日

黑芝麻糊

　　很多年前，老家的一片片稻田里，种植的大多是籼稻与粳稻，相比之下，糯稻种得很少，主要原因是糯稻的产量相对低些。

　　在农家，糯米主要用在几个地方。一是过年时磨成淀粉做汤圆，家家都会做这充满年味的美食；二是做炒米，饿了抓一把就吃，或者用开水泡一泡，马上就可以填饱肚子，偶尔用鸡汤泡，味道更好；三是做黑芝麻糊，这是农忙时能补充营养的好东西。

　　记得每年一到春耕农忙的时候，外婆就会做一些黑芝麻糊。我们住的地方离外婆家很近，外婆会喊母亲回来，一起将上一年储存起来的糯米淘干净，在大铁锅中炒至微黄色，然后从挂在墙上的布袋子里抓几把黑芝麻，洗干净，炒熟、炒香，最后将炒好的糯米和芝麻一起用石磨子磨成粉，装到一个大陶罐子里密封起来。所以在老家，我们一直通俗地管它叫"炒粉"。

从田间地头干活回来，家里的饭菜还没做好，这时，便可以弄几勺子炒粉，加一点红糖或白糖，用开水和一和，稀一点或者稠一点都可以，黑亮黑亮的，又香又甜。

外公喜欢用红糖干拌炒粉，直接嚼着吃。外公说："这样吃更香更甜，嚼起来更有味。"一开始，我总觉得这样难以下咽，炒粉卡在嗓子眼里，噎得慌，慢慢地，我发现这种吃法果然别有一番风味。尝到甜头之后，黑芝麻糊对于我，便有了冲泡和干吃两种惯常吃法了；只是干吃的时候，常常呛得猛然咳嗽，冷不防就喷得人家一脸都是芝麻粉。其实还有一种吃法，那就是喝稀饭时，舀两勺放到稀饭里搅一搅，吃起来也很香。

外婆家磨的黑芝麻糊，外公吃得多，我吃得多，外婆自己很少吃。长大了我才知道，那是外婆舍不得吃啊。

外婆常在我和外公面前说："每天嚼把黑芝麻，活到百岁无白发。"事实上，在我的印象中，外婆的头发是花白的，外公的头发也是花白的，只有我的头发一直是乌溜溜的。

小时候，因为父亲和母亲要去田间忙农活，照顾不了我，所以我在外婆家住得多。冬天的早晨，我常常从一碗又香又甜的黑芝麻糊开启一天的生活。我坐在被窝里，外婆把用稀饭里的米汤冲好的黑芝麻糊端到床边，递给我说："把眼睛揉揉，碗端稳了，别泼床上了啊！"我吃完一碗芝麻糊后，才心满意足地穿衣下床。

小时候的日子很清贫，但是我们在百般呵护下，生活过得不算太苦。浓浓的黑芝麻糊，留给我的，尽是温暖的记忆。我在外婆家吃的最后一碗黑芝麻糊是什么时候，吃的时候是什么景象，我已经无从记忆了，但都一并融于生命成长的暖流之中了。

后来，母亲也和外婆一样，每年都要磨几回黑芝麻糊。母亲说："黑芝麻是润肺的，经常吃些，可以预防和缓解咳嗽，是好东西。"所以那些年头，我们一有感冒咳嗽症状的时候，母亲就给我们冲芝麻糊喝，早上一碗，晚上一碗，仿佛这是灵丹妙药。

我到外地读高中住校那几年，每次回来补给，母亲都会给我准备一大罐子刚刚磨好的黑芝麻糊，从罐子外面摸上去还能感受到热度。母亲说："你下晚自习回到宿舍，饿了就冲一杯喝，多好啊。"其实母亲并不知道，那时候学校里面的生活远没有家里方便，常常窘迫得连杯热开水都没有，但读书生活里的那一点点苦，和干农活比起来，真不算什么，所以我从未跟母亲说过。我常常学着外公那样，干嚼着吃，很香。

工作之后，母亲还常常给我磨点黑芝麻糊，用铁制的罐子装好，回城时让我带着。现在，因为吃的东西太多了，所以这黑芝麻糊也没有当年那么稀罕了，常常一满罐子搁在那里，从年头放到年尾，最后生出了小虫子。只是母亲还停留在当年的印象之中，每次给我黑芝麻糊时，都还不忘说着外婆当年常说的那句俗话："每天嚼把黑芝麻，活到百岁无白发。"

如今，母亲每年还在田埂上种一些黑芝麻。糯稻不种了，小姨会给一些糯米。这些都是农家的绿色食品，确实是好东西呢。不管是爱吃还是不爱吃，我的心里都是欢喜的。

我还清晰地记得二十世纪九十年代初"南方黑芝麻糊"的那则电视广告，那时我才十多岁。

江南小镇一条麻石小巷子里，温暖的橘色灯光摇曳着，巷子深处传来了悠长的"黑——芝麻糊哎——"的叫卖声。一个穿着布衫、戴着棉帽的童真少年推门笑着探出头来，眼中充满着渴望。当挑着小担、和蔼可亲的大婶把一大勺浓稠的黑芝麻糊从木桶舀向碗里，少年不停地搓手，舔唇，抿嘴，一副急不可耐要吃起来的样子。吃完黑芝麻糊，少年意犹未尽地舔着碗，引得一旁碾磨芝麻的小女孩掩嘴窃笑。少年全然不顾，依然忘我地舔着碗边上的黑芝麻糊，慈祥的大婶又给他的碗里添了一勺。

　　也许，那个少年就是曾经的我。我也曾在一股股浓香中，体会着一缕缕温暖。正是这一缕缕温暖，伴随着我在清苦的岁月里，健康地成长。

　　直至今天，我依然记得那一碗碗香甜可口的黑芝麻糊，记得慈祥的外婆，记得母亲的爱，记得生命中无数美好的温情。

2022 年 5 月 2 日

初冬晨雾　汪晓彬画

竹园里有棵柿子树

　　老家门前有一大片竹园，里面长满了竹子，我不能准确地说出这些竹子的品种，小时候就一直听父亲说是"桂竹"。

　　桂竹的用途很多，祖祖辈辈的束家园人都用它来做晾衣服的竿子、农具的把手和菜园地里的棚架。很多年前，庄子上也有一位篾匠，家家都请他用竹子编织、制作各种农具、家具及其他日常生活用具。

　　那些年，每年开学之际，父亲也会猫着腰钻进竹园里，砍下几十上百根鲜活的竹子，去除枝叶，捆好，驮到镇上去卖钱，回来让我拿到学校里交学费。

　　我家的竹园里除了竹子之外，还有一棵柿子树。这棵柿子树有数丈之高，从我记事起，它就长在那里了，也不知道是父亲栽的还是自然生发出来的。每年秋末冬初，白霜将柿叶熬成红色，之后再过一阵子，叶子就落了，柿子却殷红不落，累累红果挂满枝头，为竹园增添了一抹醒目靓丽的色彩。

我们儿时的书念得很轻松。放学回来，我们常常骑在竹园篱笆埂上玩，昂着头，盯着满树的柿子看，直咽口水。母亲怕我们摔下来，千叮咛万嘱咐，不准我们上树。为了防止我们偷偷爬上去，在柿子微微发黄的时候，母亲便催着父亲将镰刀绑在长长的竹竿上，勾一些下来。

母亲从厨房的灶洞里掏出一些草木灰，铺在家里一个拐角处的地上，将我们捡回来的、半青半黄的柿子一排排整齐地摆放在灰上面，再盖上一层厚厚的草木灰，撒上一点清水，等它们慢慢变软。

这十天半个月里，我们像盼着小鸡出壳一样心急，常常跑过去捏捏。终于等到柿子软了，我们小心地拨去青灰，红彤彤的柿子露出来，托在手心里，凉悠悠的，很柔软。

去蒂，撕皮，熟透了的柿子果肉啜到嘴里，特别香甜；嚼到少量硬硬的纤维经络，又有点涩涩的苦味。狼吞虎咽的时候，我常常不小心将果肉连同不小的柿核一起吞了下去。第一次吞下柿核的时候，吓得我连忙跑去找母亲诉说，母亲不慌不忙地笑着说："没什么事的，柿子核是圆滑的，你蹦一蹦，跳一跳，过一会儿就会拉出来的。"小时候，几乎没什么零食吃，对于我们来说，甘甜的柿子就是非常美味的天然零食了。

庄子上还有几棵枣子树、毛桃树和梨子树，它们所在之处，都是我们最青睐的地方。夏天里，一到午后突然下大雨的时候，我们就冲到邻居家的枣树底下捡枣子，暴雨狂风，电闪雷鸣，全然不顾。

吃着风雨中抢回来的大枣，我们心里比蜜还甜，先挑鲜红、个大的吃，一直吃到最后那个长得最不中意的。

前阵子回家，我听母亲说，她让收杂树的人将竹园里的那棵柿子树砍掉了。我颇有点意外，问母亲为什么。母亲说："这柿子树老了，树枝特别脆，人爬上去特别容易断，哪个小孩子要是趁人不注意爬上去，不小心掉下来就没命了。你不知道，去年隔壁庄上就有一个人从柿子树上掉下来摔死了。"

我理解母亲对生命的敬畏，但又为这种因噎废食的做法感到有些遗憾。我说："小心点不就行了吗？几十年的树，几斧头砍了多可惜啊！"母亲说："现在谁还吃柿子啊，年年都没人摘，最后都掉下来摔烂被鸟雀吃了。"

我无法辩解，因为这是事实，当年的宝贝，如今很少有人稀罕它们了。

母亲问我："你还喜欢吃啊？"我说："我也无所谓啊。"

母亲说："那要它干什么？万一有人从上面掉下来就完了，砍掉好了，省得让人担心。"我呆呆地立在那里，无话可说。

庄子上的柿子树没了，火红火红的乌桕树也没了，开着满树雪白花儿的老洋槐树也没了。这是它们的命运，也是故乡的命运。

这也是我的命运，它们注定要一一从我的记忆里消逝。不怪母亲，不怪谁，或许这是自然的规律。

只是怪我自己，一心想在秋冬日的晴空之下，坐在篱笆埂上，抬着头，望着柿子树叶子一片片落尽，红红的柿子挂满树枝，就这样静静地看着它们，直至眼睛流出泪，直至心澄明起来。

让我如此思念的，何止是这一棵柿子树呢？还有悄悄离去的他们。

2020 年 11 月 27 日

又大又甜的汤圆

　　老家枞阳有一种美食，叫"汤圆"。每年到了腊月，家家都将几十斤上等的糯米和少许籼米浸在水里，数日后，挑到有石磨的人家磨成粉浆，再挑回来放到水桶里加上清水储存，每隔三五日，要更换一次清水。想吃的时候，舀出一些淀粉，放在一块老布里，吊起来沥干，或者放到青灰上吸干水分。

　　将雪白柔软的糯米粉做成面团，分成若干小份，用炒熟、碾碎的黑芝麻粉与白糖做馅，搓成小碗口大的汤圆，放到早餐的稀饭里煮熟，或者放到午餐的米饭里蒸熟。熟透了的汤圆，透过薄薄的外皮，能看到里面诱人的黑芝麻馅。盛到碗里，一个正好一小碗。吃的时候，用筷子从中间轻轻夹开，一分为二，连皮带馅一口咬下去，慢慢嚼在嘴里，香甜软糯，细腻爽滑，让人回味无穷。

每年的腊月和正月里，农家人相对比较清闲，家家户户都有悠闲的时光，可以不厌其烦地做汤圆吃。汤圆不仅美味，也象征着这一年来家庭团团圆圆、幸福美满。

因是糯米粉做成，所以吃了汤圆特别耐饿。父亲以前常说："正月里不干事，却还吃得这么饱；六月里头忙农活，还没得吃，要是'双抢'的时候，能吃到汤圆，那多好啊！"

"双抢"即是一边抢收，一边抢种，是农家一年当中最忙的时候，也正逢一年中最热的暑天。一来因为天热，糯米粉很难储存；二来大忙天，常常都顾不上吃饭，谁还有那份闲工夫做汤圆吃啊。所以，农家基本上都是在一年中气温较低、日子最闲的腊月与正月里吃汤圆。

老家里有一句客气话，亲朋好友在相聚之后、送别的时候常常说起："有时间到我家里去吃汤圆啊。"其实，这就是邀请亲朋好友找时间到家里来串门、做客的意思，之所以被说成"去吃汤圆"，可能是因为那些年头，汤圆显得很金贵而且是很有代表性的一种乡土美食。

有一年正月，我和表弟去小姨家拜年。我和表弟同龄，那年，我们都是十来岁的小伢子。小姨见了我们，很高兴，中午用沥干的糯米粉做了十一个大汤圆，放到米饭上蒸。

开饭的时候，我们早已饥肠辘辘。看到饭头上一圈透亮的大汤圆，垂涎欲滴的我，不知怎的，竟然脱口而出，冒出一句没头没脑、没心没肺的话来："这些汤圆，我一个人都能吃完。"

姨父可能觉得我们年幼无知，也有可能想逗我们玩玩，便笑着说："你要是能吃完的话，都给你一个人吃了，我们吃米饭。"本是一句玩笑的话，我却当真了，开心地吃起汤圆来。我居然不太费力地吃完了十一个小碗口大的汤圆，硬是让他们看傻眼了。后来，我的"故事"便成了亲戚们茶余饭后的笑料，被传了很多年。

长大后我才知道，这么大的汤圆，一个人一次只能吃两三个，最多三五个。我怎么也想不明白，那时候的我，胃口竟是那么好！

如今，在城里生活，我依然喜欢吃家乡那黑芝麻白糖馅、一碗一个的大汤圆。城里的超市也能买到汤圆，只是小得可怜，一口一个那种，吃起来很不过瘾，也少了家乡汤圆那种独特风味。

现在，每年到了腊月，母亲都会磨些糯米粉浆养在水桶里，等着我们春节回老家吃汤圆。我们在老家的那些天，每天晚上母亲都让我们报数，早上起来，她就会根据我们报的数字做汤圆。

春节期间的早晨，气温都很低，冷得我们都不愿意伸出手来。母亲不畏寒冷，每天早上都早早起来做汤圆，放在大锅灶的稀饭里一起煮。大锅灶的稀饭里煮出来的汤圆，更柔软，更好吃。

我们每次都很自觉地按照自己报的个数吃完汤圆，但最后总是发现锅里还剩几个。这时，母亲开始说话了："你们一人还有一个汤圆啊。"原来，母亲每次都是在我们各自报的数字上给我们每人再加上一个。那就吃吧，站起来活动一下，再吃一个也不费劲，何况，心里总想着：离开了家乡，想吃还吃不到呢。

吃上两三个又大又甜的汤圆，再喝点黏稠的稀饭，很是让人满足。

我也会做大汤圆，每年过完春节回城里的时候，母亲都会给我们带上一点沥干的糯米粉，让我们回来再做几顿吃。

孩子们也喜欢吃家乡又大又甜的汤圆，只是他们不会像我们一样，长大以后，还愿意不厌其烦地做汤圆。他们想吃的时候，只会去楼下的超市里买一袋个头很小、一口一个的速冻汤圆。

对他们来说，这大汤圆、小汤圆，不过是一种食物，样子不同而已，味道都差不多。但对我来说，这又大又甜的汤圆，不仅是家乡的一道美食，也是我和父亲、母亲以及他们这一代人之间一份情感的链接。

每年春节回老家的时候，我吃着这又大又甜的汤圆，嘴里就特别舒服，心里也特别舒坦，还会想起一些久远的、让人心暖或者心酸的故事来。

2020 年 12 月 18 日

冰棒的念想

小满之后，天气渐渐地热了起来。这几天，傍晚时分，我沿着潜山路骑行回家，多次在路边看到一辆改装过的三轮车，车上装着一个大大的透明冰柜，里面数十种各式各样的冰棒清晰可见。冰柜外面醒目地写着"冰棒批发"四个大字，大字下面列出了各种冰棒的品名与价格。

每次我总能看到几个路人停下匆匆的脚步，站在冰柜旁仔细地挑选着，我的心里也痒痒的，要不是考虑回去的路程还很远，怕还未到家就融化了，我定会挑选一些。

他们的出现，是生活里的美好点缀，我喜欢生活里这样随意的点缀。有一次，我将车子停在路边，悠闲地坐在车垫上，默默地看着他们挑选。几分钟后，看够了，我又悄悄地骑行离开了，像个贪玩的、喜欢看热闹的孩子似的。

　　冰棒是我儿时留下来的难忘记忆之一。它深深地刻在我童年时柔软的心上，随着岁月的流逝，渐渐地长成了一道清晰的印痕。

　　我的老家地处江淮之间，一到夏天，既热又湿，让人很是难受，尤其是那熬人的三伏天，更是酷热难当，但即便如此，每天还得起早摸黑，到田间地头抢收抢种。正午时分，常常热得人寝食难安，站也不是，坐也不是，躺也不是，恨不得像家里的老水牛一样，潜伏在门前的水塘里不起来。

　　"卖冰棒哟——卖冰棒哟——卖冰棒哟——"炎热的三伏天里，这由远及近传过来的、一声长过一声的吆喝，对于我们这些孩子来说，充满着无穷的磁性与魔力，惹得我们常常竖起耳朵来听。

　　"卖绿豆冰棒哟——卖绿豆冰棒哟——卖绿豆冰棒哟——"吆喝声越来越近。随即，就看见一个中年男人推着一辆破旧的自行车过来了，车后座上架着一个小木头箱子，箱子上盖着一层厚厚的破棉絮。我们谁都知道，箱子里面装着很多让我们垂涎三尺的绿豆冰棒。

　　"很甜的绿豆冰棒哟——很甜的绿豆冰棒哟——很甜的绿豆冰棒哟——"卖冰棒的男人似乎很擅长"营销"，一边不断地变换着词，卖力地吆喝着，一边斜着眼睛，挑逗般地看着我们。虽然这里面充满了难以抵挡的诱惑，但我们这些孩子谁也拿不出一个"格子"来，近乎赤条条的，一丝不挂。

那时家里很穷，母亲是不会轻易舍得花钱给我们买一根的，我们心里也很清楚，家里根本没这个闲钱。所以，我们也不会死皮赖脸地胡搅蛮缠，只得咽着口水，眼巴巴地看着他推着车子从我们身边渐渐地走远，直至消失在视线里彻底看不见了，我们这才回过神来，继续玩我们自己的游戏。

偶尔也有几次，家里正好卖了农副产品，恰巧卖冰棒的男人又推着车子出现在门口了，母亲也会慷慨地买上两根。

多少钱一根，五分还是一毛，我已经完全记不得了。只记得在那炎热的夏日里，我和小妹拿着冒着冷气的绿豆冰棒，撕去纸，小心翼翼地舔着，心里感到无比的幸福。这幸福的味道，至今我还清楚地记得。

我们一手拿着冰棒，一手在下面接着，生怕它猛然散开掉地上了。我们一会儿舔上几口；一会儿又含在嘴里吮吸着，越使劲，感觉越甜；一会儿又忍不住咬下一小口，嚼在嘴里才觉得过瘾。

我常常边吃边想：若是能够多买上几根，剥去纸，把它们放到碗里，等它们都融化成冰水了，再大口大口地喝下去，直至喝饱为止，那该有多舒服啊！只是一直到长大了，我也没有如此这般地尝试过。现在想来，我当初一心梦想得到的，不就是一大瓶刚从冰箱里拿出来的冰镇饮料吗？

如今，冰棒品种繁多，但我早已很少吃了，只是在每年的炎热天里，偶尔和孩子一起，来上一根"绿豆沙"或者"红豆沙"，更多的也只是想回忆回忆当初的那份感觉。回想当年，就是它们，撩动人心，诱惑着我们一个又一个夏天啊，想吃，又吃不到。

时光流淌，从童年流到了中年，带走了很多很多，也留下了一些让人终生难忘的记忆，包括一根小小的冰棒。

我的童年里似乎没有什么大事值得回忆，一根冰棒就是一份念想。想起它们，我常常还有几分心酸，几分痛楚；当然，也有几分甘甜，几分美好。

2021 年 6 月 1 日

家乡的萝卜

老家枞阳的大萝卜一直是享有盛名的，和大闸蟹、野鸭、黑猪、芡实、苦荞麦等一样，是颇有名气的地方农副产品，由于种植的土壤适宜，其品种、颜色、形状和味道都别具一格，深得人们喜爱，向来有着"熟食甘似芋，生嚼脆如梨"的好评。

在老家，萝卜虽然只是一种常见的普通蔬菜，但却有着不少关于它的典故和传说。有一个传说是这样的：明朝枞阳籍宰相何如宠回乡祭祖，回京城时顺手将家乡的大萝卜作为贡品带给皇帝品尝，谁知被皇帝誉为"天下第一佳"。何如宠是明末一代名臣，明神宗万历二十六年进士，南直隶安庆府桐城县（今枞阳县枞阳镇）人。当然，这可能只是一个民间传说。

还有一个传说。说是清朝乾隆年间，桐城有一个叫吴鳌的乡间理发匠，能诗擅对，有一年春节，他写了一副春联贴在自家破旧的柴门上，上联是"半间茅屋栖身，站由我，坐亦由我"，下联是"几片萝卜度岁，菜是它，饭也是它"。对联托物寄情，细品颇有几分味道。

传说就是传说，其真假不得而知，但似乎并不重要，我们完全可以选择相信它们是真的，这不也能给我们今天繁杂乏味的生活添上几分趣味吗？

我出生的二十世纪七十年代，家乡的萝卜与白菜一样，一度成为普通农家人餐桌上的主菜，甚至代替了一部分粮食，很多人家别无挑选，只能对它"情有独钟"。现在物质特别丰富，人们不再稀罕它了，每家种植一点，偶尔吃上几回，其余大多是用来喂养猪、鸡和鸭的。

秋冬时节，家乡的萝卜熟透了，大大小小的地里与弯弯曲曲的田埂边上到处都是。到田间地头闲逛时，随处都可以看到，青黄色的叶子下面，白白嫩嫩的大萝卜从稀松的泥土里露出小半个身子来。

很多人分不清油菜与萝卜，其实很简单，除了萝卜的叶子比油菜明显偏黄一点外，稍微仔细一点察看，在萝卜叶子下面，大多能清晰见到裸露出来的萝卜，要么是白皮的，要么是青皮的，要么是红皮的。

前几天我回老家，小姨知道后，打来电话问我要不要萝卜。我知道民间流传有"下霜的萝卜似人参"的说法，所以我说要一些。不一会儿，小姨就挑着担子来了，一头是二三十斤刚刚从地里拔出来的还带有少许泥土的大萝卜，一头是一二十斤才晾晒干了的新鲜山芋粉。农家的这两样东西都是我喜欢的，看着心里就很欢喜。萝卜烧山粉圆子，可是我常做的一道美食，两者在一起，可以说是绝配。

当我向小姨表示感谢时，小姨说："又不是什么好东西，家里地里萝卜多着呢，你要的话再去挑，我一个人在家里，哪能吃得下这些呢？平时都是煮熟了喂猪。"

我有时还莫名其妙地想起儿时在家乡吃过的那种烂萝卜。

那时一年四季里，家家户户不是随时都有新鲜菜吃。常常一到秋冬季节，父亲就从地里拔几箩筐白萝卜回来，挑一些大小匀称、外皮光滑、没有破损的萝卜，剪去头上的缨子和底部的根须，放在太阳底下晒上几天，然后洗净沥干，放进家里备用的陶制大缸里，一层萝卜一层盐，压实腌制，每隔几天就上下翻动一次。慢慢地，萝卜就变软了，颜色也由青白色逐渐变成浅黄色了。

此时，父亲再把它们从盐水里捞出来，分装到几个小口的陶罐里，用洗衣服的棒槌轻轻地压出水来，最后用塑料膜将口扎紧，严严实实地密封起来，放到家里里屋隐蔽的拐角处，继续腌制。

父亲腌制萝卜的时候，我是在现场看了整个过程的，但后来慢慢就忘记这事了。也不知道是隔了一年还是几年后的某个盛夏里，当菜地里没什么新鲜菜可吃时，父亲便从里屋里抱出一个罐子来。揭去塑料膜的那一刻，我看到了一个个黄灿灿的、里外透明的大萝卜，父亲颇有点得意地说："好了，好了。"

父亲用手抓出几个萝卜放到大蓝边碗里，也没见清洗，只是在萝卜上面放了几勺子自家磨的辣椒糊，再滴上几滴麻油，就放到刚刚舀出米汤的饭锅里和饭一起蒸。

约莫半个小时后，饭煮好了。母亲揭开锅盖的时候，我就闻到了一丝丝酸腐的臭味。父亲用洗碗布捏着碗口，将冒着热气、滚烫滚烫的萝卜从饭头上端出来，放在灶台上，用筷子将萝卜一一夹碎，揣烂成糊，放一把小汤勺靠在碗口，这便是我们午餐吃米饭的菜了。

第一次吃这种烂萝卜，我就感觉挺好吃的，鲜鲜的，辣辣的，特别下饭，也不知道是因为当时别无选择，还是味道真的不错。这烂烂的萝卜，虽然闻起来有点臭味，但入口即化，吃在嘴里软滑无渣，让人胃口大开。一点烂烂的萝卜就着一大口米饭，越嚼越有味道，吃得香喷喷的，让人心满意足。

之后，我经常主动提醒母亲别忘了在饭头上蒸点烂萝卜吃。可能是因为腌制发酵时间太长了，以至于后来吃的烂萝卜都有点发黑了，我觉得一定是坏了，问父亲还能不能吃，可别中毒了，父亲说："罐子里进空气了就黑了，没事的，再放几年都不会坏，而且越陈越好，越烂越好吃，凉性更大，更能去火，大热天吃点这烂萝卜特别好。"这烂萝卜，被父亲说得就像神丹妙药一样。

后来，父亲年年腌这种烂萝卜，我年年吃。我就这样吃了很多年，我就这样渐渐地长大了。我与家乡的萝卜也算有着一段难解之缘，它时常让我想起那段简单而快乐的生活。

离开家乡之后，我就再也没有吃过这种烂萝卜了。现在，即便常常回去看看，我也难有机会吃到它了。但前不久我听说，现在家乡有人专门研究、制作这种烂萝卜，小镇上的土菜馆里就能吃得到。

2022 年 1 月 25 日

又到山芋香甜时

今年入秋以来，久旱无雨，持续高温，旱情很严重，家乡的农作物产量普遍减少。很多人家种的山芋、花生、大豆等收成都不好，果实的个头都比往年干瘪了很多，但奇怪的是，母亲种的一小块山芋地却获得了大丰收，产出的山芋数量多，个头又大，品质还很好。

国庆节假期我回到老家时，母亲刚把地里的山芋挖了出来，一趟趟地挑到家门口晒着。意料之外的收获让母亲很惊喜，她一边挑拣着大大小小的山芋，一边频繁地与我分享着收获的喜悦。

老家这些年种的山芋大抵归为两个品种：一类是含淀粉多的，我们叫它"粉山芋"，质地白一点，口感差一些，

主要是用于洗山芋粉的；一类是含淀粉少的，我们叫它
"红心山芋"，红皮红心，口感甜，通常直接作为杂粮吃的。

母亲今年种的就是红心山芋，特别甜。我这几天待在
老家，早上吃的就是母亲现蒸出来的红心山芋，鲜甜可口，
我一顿能吃三五根。母亲每天早上都会蒸上一大锅山芋，
人只吃一点，剩下的都是用来喂鸡的。我和母亲开玩笑说：
"我这几天，和家里的小鸡享受一样的待遇呢。"

在农家，山芋是最不起眼的东西。还记得小时候，大
米少而金贵，山芋相对很多，母亲在煮稀饭或者干饭时，
总要搭配点山芋，以节约点大米，所以山芋吃到让人反胃。
如今在城里，山芋却成了"香饽饽"，还大大方方地登上了
高档饭店的餐桌，成为一道受人喜爱的粗粮主食。

母亲多少知道一点山芋在城里的"地位"，因为母亲在
城里和我一起生活过两三年，大街上烤山芋的价格曾让她
惊叹不已。前天母亲还跟我说："你们城里的山芋真是贵得
出奇，一根烤山芋竟然要十几块钱！你看那些小孩子，还
排队买，真是花钱不晓得心疼啊！"

母亲说的那些"小孩子"，是我家附近的高校学生。确
实，别说母亲了，我也舍不得花十几块钱买一根街头的烤
山芋呢。

母亲当时可能在想："这么贵的山芋，到了我们老家，
小鸡都不稀罕吃呢。去我们那里，管你们天天吃够。"

母亲后来回到老家住之后，就又很快实现"山芋自由"了。每年谷雨节气前后，母亲都会自己种上一块地的山芋。想洗粉的话就种粉山芋，不想洗粉的话就种红心山芋，或者一样种一点，母亲可以随心所欲。

农家有很多指导山芋种植的谚语，比如"谷雨栽上山芋秧，一棵能收一大筐""浅栽结个金元宝，深栽到头一堆草""一窝山芋一把灰，山芋结成一大堆""寒露早，立冬迟，霜降收芋正当时"。这些宝贵的农业生产经验，母亲一定是熟知的，而且善于利用农时，否则怎么会有今年如此特别的大丰收呢？

在老家这几天，住在县城的一些朋友多次打来电话，邀我过去聚一聚，都被我婉言谢绝了。我告诉他们，一回到家里，我就不想动了，哪里都不想跑，尽情享受着和母亲一起做饭、吃饭时这点简单而美好的时光。

他们或许不会知道，我回来一趟，也是在抓紧时间补给营养啊。哪怕只是吃上几根母亲蒸的山芋，我都是快乐的。这份快乐，也必将成为我人生成长路上宝贵的资粮与力量。

入秋以来，烤山芋的小推车又布满了城里的大街小巷，每每路过之时，清甜的香气总会扑面而来。尤其是到了寒冷的冬季之后，街头烤山芋的香味更是有着让人难以抗拒的诱惑力。好在到了每年寒露与霜降前后山芋成熟的季节，我回到老家，都能搬两大袋子回来，想吃的话，自己在家里就能烤。

回城的那天晚上，母亲就给我挑拣了两蛇皮袋外表光滑、色泽鲜红的山芋，一袋个头大一些的，一袋个头小一些的。还有十来个老南瓜，一大筐土鸡蛋和一些毛豆、白菜、辣椒与大蒜。母亲告诉我："大山芋可以蒸着吃，小山芋可以烤着吃。"

得知我第二天一早起来就走，母亲提议我们晚上就把这些东西搬到车上去，以免早上起来急急忙忙地落下了。车子停在家门前的马路边上，趁着月光，我和母亲来来回回地跑了好几趟。

深秋的夜里，初八九时的月光已经很明亮了，照得门前路是路，树影是树影，非常清晰。树丛里的小虫子在欢快地歌唱，旁若无人。小黄狗跟在我们后面，时不时地叫上几声。

我和母亲把这些农家的土特产整整齐齐地码在车子的后备厢里与后排座位上，一层又一层。这些珍宝，连同家乡温柔的月光，连同母亲深情的关切，都被我装在车子里带走了。

这些山芋啊，能不香甜吗？

2020 年 10 月 10 日

辑四 却恨莺声似故山

　　生命里有一些东西，是不会忘记的。不仅不会忘记，反而历久弥新，就像刻在心底一样，深刻，悠远，隽永。比如童年，比如家乡，比如亲情。那些深藏在心头的人、事、物、情，从来就没有忘记过，常常历历在目。

生命深处的记忆　汪晓彬画

生命深处的记忆

　　不知道从什么时候开始的，我的记忆力变得越来越差了，常常脑子里一片空白，连熟识朋友的名字也想不起来。

　　近一年来更是如此，要么常常想不起来东西放在哪里，要么就是应了老家的一句俗话，"有前手没后手的"，常常带着某个东西出去，便不记得带回来。

　　有时候，更是健忘得离谱。拎水壶到洗手间打点冷水，再顺便上个厕所后，往往空手回到办公室，等到要倒水喝时，才想起打水这档子事，原来壶还落在洗手间呢。也许，我得了所谓"中年健忘症"吧。

　　但我一点也不担心，反而觉得还挺有趣的。那些无关紧要的人或事，忘就忘记了呗，这样脑子还轻松些。或者可以换句话说，人到中年之后，我们就开始选择性记忆了吧。

生命里有一些东西，是不会忘记的。不仅不会忘记，反而历久弥新，就像刻在心底一样，深刻，悠远，隽永。比如童年，比如家乡，比如亲情。事实上也是，那些深藏在心头的人、事、物、情，从来就没有忘记过，常常历历在目。

前段时间回老家，临走的时候，母亲递给我一袋剥好的花生米，足有四五斤重。看着颗颗饱满的红衣花生米，我突然浮想联翩起来，往事顿时一幕一幕地浮现眼前。

每年9月开学的时候，正是花生收获的季节。小时候，我们没有多少课外作业，放学一到家就将书包扔到一旁，跑到地里，跟着父亲和母亲一起挖花生。我一边将刚挖出来的花生轻轻地敲去泥土，一边剥开花生就津津有味地吃起来。新鲜的生花生很好吃，汁水很浓，嚼起来甜丝丝的，听说还有养胃的功效。

花生不仅好吃，形象也美到极致。不知道老家的花生是什么品种，绝大多数都是一颗两籽。小时候的我们极度好奇，常常很专心地寻找起那些极少数三籽、四籽的花生，每发现一个就很意外与惊喜。

仔细想来，花生生来就是一颗两籽，一大一小，似乎一阳一阴；它们同居一室又各守一处，相偎相依又不失自由。这难道不是大自然的神奇造化吗？

　　等家家户户把花生从地里挖回来之后，我们这些孩子就闲不住了，趁着放学的时候，带着锄头，挎着篮子，去各家各户的花生地里再刨一遍，寻找那些遗落在泥土里的花生颗粒。

　　在枞阳老家，我们把这种寻找遗落的花生的行为叫作"盗花生"。"盗"，是这个音，但应该不是这个字，更不是这个义。这里没有半点"偷盗"的意思，在家乡任何人眼里，"盗花生"都是个勤快的事，而并非丑事。

　　每"盗"到一颗，我们就像发现了珍珠与元宝似的，心里美滋滋的。但人家地里还没有挖出来的花生，我们是绝对不会动一棵的，这种偷花生的事，是绝对不会干的，连一丝念头都没有生起过。

　　有时，我们会在一场大雨之后，跑到花生地里去"找"花生。经过大雨的长久冲刷，遗落在松软的土里的花生颗粒就会一一冒出来，白白的，显眼得很。

　　雨后再过几天，那些既没有被我们"盗"出来，也没有被我们"找"出来，依旧顽强地躲在土里的花生颗粒，会一个个争先恐后、神奇地发出芽来，实在是藏不住了，不得不乖乖地从土里冒出头来，一下子就被我们这些勤快的、极有经验的伢们逮个正着。我们把它们拔回来，用清水冲洗干净，用一两勺子菜籽油清炒一下，便是一盘清脆爽口的下饭菜，既合时令，又很天然。

经过这三番五次地倒腾之后，这一季的花生地里，几乎再也没有一颗被人们遗落的花生了。

除了"盗花生"之外，拾稻穗、割猪草、捡牛粪、铲草根、扒松毛、放牛等等，这些儿时留下的记忆，三四十年过去了，一丝一毫也没有丢失。而且不管什么时候，我都能绘声绘色地说起来，如数家珍一般。

每一个人都在选择性记忆，但童年、伙伴、嬉戏，也许是谁都抹不去的记忆。它们蛰伏在生命最深处、最底层，不容我们筛选，稍一触动，它们就会一一浮现在眼前。

随着生命的成长与成熟，随着岁月的厚重与人事的变迁，这些记忆还会愈加清晰，一直萦绕在心头。久而久之，它们便成了乡愁。再健忘的人，也会把它们留到最后的时刻再遗忘。

2019 年 6 月 24 日

理　发

那天坐公交经过肥东撮镇街上，我看到一家店面门口悬挂的白板上，歪歪扭扭地写着"理发"两个黑色大字，觉得很是稀奇。

我所住的小区里也有三家理发店，但店名都不叫"理发店"，一家叫"美发"，一家叫"沙龙"，一家叫"造型"。名字都很洋气，要不是看见门口有着理发店标志性的转筒，还不敢轻易判定是理发店呢。

理发，小时候我们叫它"剃头"。剃头并不是一件很复杂的事，就是将长长了的头发剪成短短的。

那时，村庄里没有固定的剃头铺，但有一位手艺非常娴熟的剃头匠。他常常趁着农闲的时候，驮上一个破旧的工具包，有计划性地走村串户，上门给村里人剃头。

    父亲差不多一个月剃一次头，母亲很少理发，一年当中，只会偶尔修剪一次。

    孩子们是不大愿意头发被剪短的，但每次总是在大人们的安排与命令下，将稍微长深了一点的头发剪得短短的，用手抓不起来的那种。小时候，没有什么头发造型，都是剪成极短的，没有花样，这样好打理。

    剃头匠在给我剃头的时候，母亲总是在一旁反复地提醒说，给他剪短短的，好洗。剃头匠总是满口应着，还一个劲地夸我的脑袋扁扁的，长大了肯定聪明。当然，遇上鼓鼓的脑袋，他也一样会夸奖，说些吉利的话。

    有一次，我好奇地问他："您的头谁剃啊？"他哈哈大笑起来，没有正面回答，只是望着父亲和母亲说："你们看，我说这小脑袋聪明吧。"

    小时候，没有洗发水，头发常常洗不干净，时间长了就很脏，生出虱子来是常有的事。把头发剪成短短的，好清洗，这也是预防生虱子最有效的办法。

    女孩子一般很少剃头，要留长发的，所以头发上常常生出了虱子。用很密很密的梳子或者专梳虱子的篦子，就能轻易地将藏在头发里的虱子弄出来。闲下来时，一家人坐在明亮的阳光底下，大人们给孩子们满头找虱子，是家常便饭的事。

父亲剃头还会多一道剃须的工序。剃好头发后，母亲会打来一盆热水，将毛巾在热水中浸泡一会儿，然后用温热的毛巾覆盖在父亲脸上。几分钟之后，剃头匠将他的剃须刀往挂在椅子上的那块脏兮兮、黑乌乌的皮条上麻利地来回摩擦几次，便开始熟练地刮起父亲脸上的胡须和汗毛，不一会儿就刮得干干净净的。剃完头，刮完须，人会感觉一下子清爽了很多，看上去也年轻了不少。

每次剃完头，是不用当场付钱的，到年终时按家里常剃头的人数统一结算。每个男人每年五块钱，剃头匠会挨家挨户地上门收取。年底手头紧张的人家，先欠着或者少付一点也行。

后来，镇上有了两三家理发店，有一家叫"发廊"，时尚、爱美一点的年轻人就逐渐不让村里剃头匠剃头了。需要理发时，就走到十里路外的镇上去，可以享受剪发、洗头、吹风、造型等一条龙服务。价格自然也是不便宜，一次就得两三块钱。

渐渐地，剃头匠就只给村子里上了一定年纪的人剃头了。

我到城里上学之后，就没见过剃头匠了。后来闲聊时，说起理发的事，母亲说："村子里早就不上门剃头了，老老少少都到镇上去剪发。"

我告诉母亲，现在城里剪一次头发至少得三十块钱了，加上一些花样的附加项目，理一次发几百块钱也很正常。

母亲惊诧不已地说："理个发还那么贵，不就是把头发剪短短的吗？回来再自己洗洗就是啦。"母亲不知道，如今头上这点地方，名堂可多了，哪是剪短洗一下的事？

当年给我们剪发的剃头匠应该也很老了吧。我偶尔还能想起他，不知道如今他是否还健在，他的手艺有没有传给谁。他温和的性格、憨厚的面容、勤勤恳恳的样子，仿佛记忆中的老父亲。

十多年前的一个夜里，父亲突然离世，连一张照片都没有留下。那一刻，我不在父亲的身边，而在城市的某个角落熟睡着。

第二天我从城里赶回来看到他的时候，他已经平静地躺在床板上。头发剪得短短的，整整齐齐的，胡子和脸上的汗毛也被修饰得干干净净、清清爽爽的。他微笑着，像睡着了一样。

这也是父亲留给我的最后的印象，他把最好的样子留给了我们，干净，清爽，自在，与世无争。

给父亲最后一次剃发的估计也是那位剃头匠，我后来没有确认过这事，因为我不愿再提起。剃头匠用他娴熟的技艺，剃去了父亲一辈子的疲倦、烦琐、牵挂与压力，让父亲可以轻轻松松地告别这个喧嚣的尘世。

2019 年 9 月 22 日

起床的故事

　　小时候，我没有幼儿园可读。父亲和母亲要忙农活，我整天待在外婆家里。

　　外婆每天起床很早，听外公说，天刚麻麻亮外婆就起来了。我从未比外婆早起过，所以我是不知道的。外婆早早起来，是为了有足够的时间熬一锅稀饭。那些年，米很金贵，常常是米少水多，要用很长的时间熬制，才能使稀饭煮得黏稠一点，口感好一点。

　　铁锅煮稀饭得有两步，在第一次大火烧开之后，需要熄火焖上半个小时，等米完全化开了，再用小火慢慢熬制半个多小时，才能吃上黏稠的稀饭。外婆还趁着焖锅的时间喂鸡，喂猪，扫地，炒咸菜，一切有条不紊。

稀饭熬好之后，外婆会用米汤给我冲上一碗香甜的黑芝麻糊，当我闻到屋子里阵阵浓郁的香气时，我就知道这是外婆喊我起床的信号。外婆擅长用这种不费口舌的无声语言喊我起床，慈悲柔软得令人无法抗拒。

上小学了，我住到了自己家里。母亲和外婆一样，每天早早起来，忙上一阵子家务后，才喊我起床。家离学校有一两里路，走过去需要一二十分钟时间，稍微磨蹭一会，不是来不及吃早饭，就是上学会迟到。

小时候，起床是件痛苦的事，尤其是寒冷的冬天里。母亲一边做饭，一边对着卧室喊："该起来呢，饭要好了。"两三分钟后，见没有动静，母亲便走进卧室喊："怎么还没起来？要迟到了！"喊完之后，转身又去了厨房。如果过一会儿还没有动静，母亲就要冲过来，一边掀被子，一边"威胁"着说："你已经迟到了，不管你了，中午被老师留下来，没人给你送饭吃！"

迟到、作业未完成、测验不及格、犯错误、打架等等，任何一个都是中午放学后被老师留下来的充分理由。留下来的目的是不让回家吃饭，情节严重的，同学带饭过来也不让吃，这是老师们常用的惩罚手段。老师们渐渐发现，仅仅罚站不足以让调皮捣蛋的男生们害怕。一、二年级的时候，男生们几乎没有谁不被这样惩罚过。那时，这一招还是颇让人害怕的。

母亲也常常借用老师这一招吓唬我，我也常常在母亲的"威胁"声中极不情愿、却不得不乖乖地从暖和的被窝里挣扎着爬起来。就这样，一直到了初中毕业。

高中，我是到离家数十公里外的浮山镇去读的，寄宿制学习。每天早上，智能化的校园大喇叭总是准时响起来。我在被窝里折腾一小会儿就得起床，最多赖上个两三分钟。等到嘹亮的广播体操前奏曲响起的时候，跑步到操场就有点急急忙忙的了。班主任已经站在了各自班级方阵的前面，看着谁迟到。迟到的人，要自动站到方阵前面领操。

上千人的做操场面，整整齐齐，蔚为壮观。一起做跳跃运动的时候，地面上的煤炭渣被我们踩得滋滋作响。如果风大，漫天的灰尘吹得让人睁不开眼睛。

对于中学时代的我来说，广播操俨然是一个晨起的标志，是一天学习与生活的开始，一天的热血从此刻起，便沸腾起来了。就这样，第七套广播体操陪了我上千个清晨，也完美地完成了喊我起床的任务。

到大学时，没有了高中时候的学习压力，我常常不想早起，恨不得一觉睡到中午，但学校依然推行广播体操运动，各班辅导员和体育委员督促，记录到平时操行表现，影响评优评先，所以也很少有人敢轻易旷操，只是做操的动作根本不到位，随意地比画比画而已。

我读大学的第二年，广播体操更新到第八套了，我学了好一阵子才会做。整个大学时代，虽然做操的质量严重下降，但喊我起床的功用却依然十分显著。

工作之后，彻底没有学习压力了，也没有人再管我起床的事了。我的起床叫醒任务交给了一只小小的闹钟。

后来有了手机，闹钟用不上了。我在手机上设置了三次闹铃，每次间隔五分钟，即便如此，有时还闹不醒，总感觉睡不够似的。

工作之余，我也常常找机会回到老家看望母亲。在寂静的乡村里，晚上睡得很早，八九点钟就睡觉了。乡村的凌晨，鸡鸣与鸟叫声，让我早早醒来，整个身心都感觉特别轻松，也没有赖床的想法了。

起来之后，我总发现母亲比我起得更早。母亲见到我总是说："你起这么早干吗？没事怎么不多睡一会儿呢？"我说："都睡八九个小时了，睡够了，到田畈里晃晃去。"

或许，我发现家里的时光真的很好，舍不得睡去太多；或许，我已感觉到光阴真的太短，朝朝夕夕都那么珍贵。

2020 年 2 月 1 日

土　壆　屋

　　父亲与母亲含辛茹苦，省吃俭用，到 2001 年，家里终于建起了三间砖房子，楼上还建有一个宽敞的阳台和一间小卧室，家里也安装了电话，真正实现了儿时常常憧憬的"楼上楼下，电灯电话"的生活。

　　在这之前，我们住的是土壆屋。伴随了我二十多年的土壆屋，给我留下了深刻的印象，一些不成片的画面也常常会从我的记忆里浮现出来。

　　我读小学期间，家里换了一处场地，又新建了土壆屋。那一年，父亲瞅准了连续晴朗的好天气，找来了几位亲戚，帮忙干了好几天，做够了建新屋的土壆。要是天气没看准，中途下起连阴雨来，就全泡汤了，那可真是让人头痛的事。

虽然那时没有现代化手段，无法获取比较准确的天气预报，但农家人也有一套自己的土经验，通过看看早晚天边的云彩，结合节气和挂在嘴边的农谚，就能知道近期的天气状况，基本上也是八九不离十。

建一套土墼屋，加上厕所、猪圈、鸡栅栏，一共需要多少块土墼，父亲心里是有数的。我的印象中，感觉得有几百上千块吧。

土墼是那时农家人砌墙的主要材料，是用自家稻田里带有黏性的黄泥土与铡碎的稻草混合做成的。先是用水将泥土和成厚泥，再加上铡好的稻草茎，然后几个有力气的男人光着脚在泥巴里踩上半天。有时我们这些调皮的小孩子也混在其中玩，也有人家牵着牛踩。如此反复地翻踩，以增强泥巴的黏性，这样做出来的土墼更结实。

这个过程我们称之为"打土墼"。打土墼的工具很简易，只需要一个木制的土墼模子就行了。但打土墼是个体力活，又是个技术活：和泥的水放多了，稀软成不了型；水放少了又太干，以至于松散而易裂开。

在平整的地方撒上点草木灰，摆好模子，取适量踩好的稻草泥巴放进去，用拳头撅实，再用胳膊沿着模口抹平，双手平稳一致向上发力，揭去模子，一块方方正正、棱角分明的土墼就成型了。等太阳晒干后，铲去多余的边边角角，找一处地势高一点的场地，整整齐齐地码好，再盖上防雨的塑料布，就等着时机建新房子了。

庄子上的劳动力个个都会打土墼，而且技术娴熟自如。他们光着膀子，暴晒在烈日之下，皮肤黑亮冒油，但没有人怕这种皮肉之苦，嘴上叼着一根烟，有说有笑，一副悠然自得的样子。

孩子们喜欢凑热闹，庄子上谁家打土墼，都一窝蜂地跑过去看，再毒辣的太阳也阻挡不了孩子们那颗火热而好奇的童心。

家里打土墼那几天，母亲会做上最好的伙食，好好地犒劳大家。虽然也是粗茶淡饭，但比平日里多放了不少油水，也多烧了两三盆荤菜。

到下午三四点钟，大家都累得精疲力尽了，父亲会招呼大家停下来，坐到树底下的阴凉处加个餐，家里话叫"打个尖"。这个"尖"不是一桌丰盛的饭菜，而是早早就熬好的半水桶绿豆稀饭，里面加了白糖或红糖，凉悠悠的，很甜，很美味。或者是做点冬瓜米粑汤，味道也很鲜美。庄子上的孩子们自然不会错过这个解馋的好机会，每每也跑过来，跟着沾光。

做新土墼屋那几天，父亲把亲戚们请过来帮忙。盖新房子是农家人的大事，亲戚们还会送上一份贺礼。上梁那天，会放一挂大鞭炮，主持上梁仪式的工匠从屋顶上往下面聚集的人群里撒几把糖果和炒熟的花生，预示着生活甜甜美美、生机勃勃。孩子们眼疾手快，瞬间一抢而光。那天中午，大家还要热热闹闹地喝一场喜酒。

前几天回老家，母亲还看着桌子底下几个大冬瓜回忆说："那些年真是穷得可怜啊。家里做土墼屋的时候，下午打尖，我做点冬瓜米粑汤，冬瓜米粑吃完了，你外公还把剩下的一点锅底汤喝掉了，还说非常好喝。"

乡村里有一种木蜂子，喜欢在木头里筑巢做窝，也喜欢钻到土墼屋墙壁上的缝隙和小洞里。在各家各户的墙壁上掏蜂子，便是我们一群闲着没事干的孩子童年里最有趣的事情之一了。

土墼屋墙体很厚，材料自然环保，保温隔热效果也很好，冬暖夏凉，又接地气，住着很舒服。夏天的时候，吃过午饭，我便往家里地面上洒几瓢水，将灰尘扫一扫，铺块塑料皮，光膀子躺在上面午睡，泥土地上透凉透凉的。醒来时，我常常发现自己已经翻滚到很远的一边去了，膀子、肚皮和脸上都是灰尘。

土墼屋很粗糙，农家人住着很随意，到谁家串个门，踩着一脚的泥巴进来也没关系，不用换鞋，随意地进出，随意地坐。而我刚到城里住的时候，进门就要换鞋，很不习惯，常常还有脚趾从袜子的破洞里悄悄地露出头来，让人很不好意思。

如今，庄子上这老土墼屋早已荡然无存了，只是在少有的几处没有盖上砖房的地方，还能看到一点老屋基的痕迹。那些残垣断壁，见证着岁月，清晰着记忆，渐渐地酝酿成了出门在外的游子隐隐约约的乡愁。

当年打土墼的人已经成了老人，陆陆续续地去了。还有一些年迈体衰的老人，空守着家里后来新盖的楼房，只是生活里少了儿孙们的喧闹，很是寂寞。如果时光还能回去的话，或许他们更愿意住着那老土墼屋：一个不大的地方，好几口人挤在一起，昏暗的灯光下，热闹而温馨。

2021 年 9 月 5 日

家里来了客人

小时候，我总盼着家里来亲戚，一有亲戚来，我们就格外兴奋。

亲戚来了，父亲和母亲再忙，也会立即丢下手中的活，上前迎客，脸色也比往日里好看了很多。父亲热情地招呼客人入座，递上香烟，陪客人一根接一根地抽起来，母亲忙着泡茶端水，我们在当中无忧无虑地串来串去。

和平常日子比起来，我们活跃多了，因为我们知道，有客人在，父亲和母亲会顾及些面子，任凭我们顽皮和折腾，不会轻易训斥我们，最多讲讲而已。母亲常说："家里来人了，你们就成了'人来疯'！"

我们之所以如此兴奋，还有一层特殊的意思，便是那顿伙食会像过年过节一样改善很多。母亲泡完茶，旁边备好一瓶开水，寒暄几句后，就开始忙着张罗午饭的事了。

在农家，把客人招待好是件让人很头疼的大事，在物质贫乏的年代，搞几个像样的、不失体面的菜来并非易事。所以，我们孩子们是纯粹的兴奋，而大人们在高兴之余，也略有几分忐忑，有时甚至有点慌手慌脚的。

有客人在，母亲总会想方设法地整出一道荤菜；如果是稀客来了，那还得更加讲究些。所谓"稀客"，要么是从很远的地方赶过来的亲戚，要么是一年到头也来不了一两次，甚至几年才来一次的亲戚。

这个时候，家里的一点干货和咸货，都要统统翻出来了，提前用水浸泡好备用。那点储藏起来的东西，就是用来应对不时之需的。

有时候，母亲会让我跑到数里路外的乡镇街上称点猪肉回来。步行一个来回，至少也得一个多小时。时间来不及的话，母亲就会在家里想办法。母亲抓起一把稻谷，一边撒向门前的那块空地上，一边扬开嗓子，娴熟地叫唤了起来。瞬间，十几只小鸡就从门前屋后、四面八方飞快地围拢来，就像接到了集合的命令一样。

母亲瞅准其中一只个头大的，趁其不备，猛地一把抓过去，差不多都能逮个正着。这一下子，吓得其他的小鸡立即逃之夭夭，呼啦保命去了。

有时也不巧，母亲弯腰用力一把抓下去，没抓住鸡，手里只有几根掉落下来的鸡毛。母亲急眼了，我却已经笑得喘不过气来。母亲试图再唤它们回来，可任凭母亲怎么呼唤，小鸡们也不过来了，都躲到屋后的树丛和竹园里去了，估计还惊魂未定呢。

有一次，失手之后，执拗的母亲硬是追赶起鸡来，在门前屋后转了几个圈，还让我也帮忙围攻，直到逮住一只才算完事。在母亲看来，没有猪肉就一定要有只小鸡，否则，这顿招待是拿不出手的。

若是常来的亲戚过来，彼此也不见外的话，煎上几个鸡蛋，下一碗面条，便是最方便、最妥帖的招待了，样子上也能看得过去。母亲常常煎上三五个鸡蛋，放在碗的底部做"底子"，上面再盖上一层面条，加点汤，很厚实的一大蓝边碗。

母亲用一块抹布包着碗边，小心地端到客人的面前，招呼客人趁热吃。从外面看上去，是看不到鸡蛋的，但客人都知道，里面是有"底子"的，只是彼此心领神会，心照不宣。"底子"可以是鸡蛋，也可以是鸡腿、排骨啥的。

父亲会陪客人一起吃饭，父亲的碗里也会有些"底子"，但一般会很少。这纯粹是做个样子，以化解客人独自享受"特殊待遇"时的尴尬，毕竟客人能感觉到，旁边可能还有我们几双眼睛看着呢。

客人心里比谁都清楚，"底子"大多在自己的碗里，家里人是舍不得吃的，眼巴巴的孩子们也吃不到。所以客人常常在吃之前，会主动地从碗底翻出一些来，送到厨房里，还一个劲地解释说："太多了，吃不了这么多。"用老家的俗话说，这叫"做弯"。其实谁都知道，那个年头，别说三五个鸡蛋、一个鸡腿啥的，十个八个也能吃得下去。

客人在吃面时，也有不好意思提前翻动面条找"底子"的，便假装不知道，正常吃面，然后会留一些"底子"下来，不是真的吃不下，而是不忍心吃完。极其贫困的年头里，这是约定俗成的事，看起来似乎不太卫生，大家却总是这么做。

见客人"做弯"，母亲常常一个劲地劝说："没有菜，这一点东西，怎么吃不下去呢！你就吃了，我做的还有呢。"大家心里都明白，话是这么说了，但哪里还有呢？你也说谎，我也说谎，说来说去，别是一番滋味。在母亲与客人的相互推辞之中，一旁的小孩子们可急了，净想着自己能不能沾点光，享点口福呢。

那个靠步行出门的年代，一般走亲戚都是在上午，以便吃过午饭后赶回去天还不黑。偶尔下午也有亲戚过来办个事，母亲知道客人一般不会在家吃晚饭的，于是常常在叙话期间，悄悄地溜进厨房，单独给客人做几个糖溜蛋端上来，以下午茶的方式招待客人。

客人总要客气半天，还以惊诧的神情反复说："刚放下碗筷过来的，哪能吃得下呢?"母亲说："走那么远的路，也消化了啊。"许久，客人才半推半就，吃了鸡蛋，喝完糖水，一滴也不会剩下。

亲戚过来，父亲和母亲都要歇半天干农活的时间陪着，客人心里清楚，所以一般也不会久留。吃过午饭，闲叙一会儿，客人就自觉提出要走了，母亲总是再三挽留，要客人吃过晚饭再走，明知客人大抵也不会留下来，这只是热情与客套罢了。

送客人出门的时候，一家人都会跟在后面，陪客人走很长的一截路，彼此都不停地说着希望常来常往的话。每次听到父亲和母亲说"你慢慢走啊，没事常来玩啊"，我总是在心里琢磨：人家急着要赶路回去呢，哪能慢慢走啊？其实这些既是客套，又极其真诚，一种既盼着你来、又怕着你来的复杂感情。

乡下人心里没有"朋友"的概念，唯有这十几门亲戚，是真心的，从形成那天起，彼此便融于互帮互助、共同成长的生命体系之中，显得特别珍贵。

2020 年 7 月 6 日

家里来了客人　汪晓彬画

槐树花香

前几天晚上散步路过一处厂房的围墙时，我忽然闻到了一阵槐花的香气。我抬头朝围墙里面看，因为光线比较暗，所以无法看清楚，但我隐隐约约能看到一簇簇白色的花悬在一丛丛的树叶里面，这让我一下子想起了记忆中家乡的槐树花。

在城市的路边是很少看到槐树的，偶尔见到几棵，还是在很偏僻的院落拐角处。槐树似乎生来就不是城里的树，乡野农家的池塘边、山坡上以及后院里，才是它们舒适的家。

也巧，前两天朋友聚会时，我在城里的餐桌上吃到了新鲜的槐花炒鸡蛋，味道很是鲜美，让人心生欢喜。

估计这些天，很多新鲜的槐树花带着乡土的气息，从清明雨后的乡间野岭，来到城里的各大超市和菜市场，成为人们甚为稀罕的菜肴。或许，这又会唤起一些游子的记忆，也安抚一下他们久别故土生出的乡愁。

还记得小时候，外婆家门前就有几棵高大的洋槐树，树皮呈深褐色，树枝上长有一两厘米长的细刺，所以我们都管它们叫"刺槐"。刺槐的形象很丑陋，枝头无叶无花的时候，粗糙的树干便呈现出黝黑黯淡的颜色。在冰冷的寒冬里，这一身坚硬与苍老的样子，很少有人看着喜欢。

但每年春夏之交，这几棵大槐树就变了模样，树冠高大，枝繁叶茂，像一把把一二十米高的巨型绿色大伞矗立在那里。绿叶丛中，满树的白色槐花漫天飘着香气。这里便成了左邻右舍聚在一起闲聊、吃饭与乘凉的好地方。

大人们坐在树底下聊天时，我们一群孩子一边扯几朵槐树花放在嘴里嚼着，一边玩着"拍响槐树叶"的游戏。我们用一只手的拇指和食指合成一个空心圈，从槐树枝上扯下一片大点的树叶平放在上面，然后高高地抬起另一只手，迅速地一掌拍下去，树叶在重力之下形成一个空洞，并发出一种清脆的响声，我们比谁弄出的声响大，并乐此不疲。

每年槐树花盛开的时候，外婆和母亲总会在长竹竿上绑上镰刀，从树上钩一些新鲜的槐花下来，简单清洗一下，然后焯水沥干，做成槐花炒鸡蛋给我们吃。新鲜的槐花和鸡蛋一起炒，吃起来鲜嫩爽口，能吃出槐花的香甜来。

　　闲暇的时候，外婆和母亲也会收集一些槐花晒干，用布袋子储存起来。在炎热的夏日里，用它们来蒸碗鸡蛋羹，吃起来依然有槐花的清香。

　　在那些槐树底下，我们度过了很多欢乐的时光。我们经常唱着那首童谣："槐花甜，槐花香，要吃槐花喊爹娘；爹娘拿个竹竿竿，钩下槐花一串串；爹不吃，娘不吃，留给娃娃过年吃……"

　　如今，外婆门前的那些老槐树早已枯死了。

　　我现在偶尔也还能吃到新鲜的槐树花，也常常买些香甜的槐花蜜吃。这新鲜与香甜里，藏着记忆中的感觉与味道。槐树花本身带有一点青涩味，但却完全消解在了记忆的香甜中。生活贫乏的那些日子里，我们心上没有刻下苦，而深深地印下了甜。

　　我喜欢槐树与槐花，对它们有着一种说不清的特殊情愫，也许正是和儿时这些美好的记忆有关吧。但我知道，过去的时光是不会再回来了，槐花依旧新鲜，槐花蜜也永远香甜，只是人间变了岁月，也换了光景。

　　我曾经在槐树花开的时候，写过一首《槐花香》的小诗：

告别儿时读书郎，挺起胸膛走四方。

人生无奈穷途路，忆起家乡槐花香。

从小时候懵懵懂懂稍记事起，我们就在父亲和母亲的安排下，开始背起书包走进学堂，成了一名读书郎。很快，十多年就过去了，结束了学校的读书生涯。二十来岁开始，我们便以一个成人的姿态，挺起尚且稚嫩的胸膛，闯走四方。不管是情愿还是不情愿，这都是生命的规律，也是成长的需要。

一晃又二十多年过去了，我常常感受到，人生路上最无奈的，不是物质的贫困，也不是生命的孤单，而是对某些情感的执着，一些人，一些树，一些场景，一些旧事……

在遇到困难挫折，在穷途末路、心情忧郁的时候，我常常想起家乡门前那几棵黝黑苍老的洋槐树。它们枝繁叶茂，身上有刺，一串串洁白的洋槐花缀满树枝，空气中弥漫着淡淡的、素雅的清香，沁人心脾。

可是，我们只能想起，却看不到它们的模样，也闻不到它们的芳香。

2022 年 4 月 15 日

算出来的命运

　　那天在老家和母亲闲聊时，我突然想到了一个问题，便问母亲："这些年怎么没看到算命先生过来啊？"母亲说："现在哪还有算命的？那都是什么时候的事了。"

　　那是二十世纪八十年代的时候，我常常在家门口，听到远远传来的一声声清脆悠扬的磬声，我就知道，有算命先生即将要过来了。

　　不一会儿，就看见路口走过来两个人，前面的是个年轻的小伙子，他用一截短短的竹竿牵着后面上了年纪的算命先生。先生是个盲人，一手握着竹竿，一手拄着拐杖，有时还戴上一副陈旧的墨镜。

　　看到算命先生向门口走过来，我就冲进屋子里，大声地喊叫："算命的来了，算命的来了。"声音里带有一丝惊喜，小孩子们少见多怪的那种。

母亲会走出屋子，不管今天算不算命，都会言语一声，和这两个人打个招呼，像是看到熟人一样，又像是很自然的一种尊重。

村庄里的人也和母亲一样，遇到了他们，都会客客气气地打声招呼。也许是因为他们每一两个月都会到村子里来一次，见得多了，也算熟悉了；也许更是因为在村里人看来，对待算命先生自然是要尊重的，自己的命运似乎和先生天生就有着某种关联。这和应付那些经常前来讨米要饭的人完全不一样。对待乞讨的人，大家只是一点怜悯和同情；而对待他们，是足够的尊重。

到了门口，前面的小伙子会弱弱地问一声："今天您老人家可算支命啊？"

印象中，母亲在每隔半年左右的时间，就会算上一次命。决定算的话，就会将家里的小凳子搬到门前的树底下，请他们坐下来。一般会给全家人都一起算一下，一个人需要5毛钱。那个时候，5毛钱也不算很便宜，不是随便舍得花的，但好像也没有人为此讨价还价过。

报出生辰八字，先生就开始掐起手指，围绕大家普遍关心的问题算开了。比如今年哪个方向顺利啊，最近要遇到一个什么坎啊，今年收成怎么样啊，生活里要注意什么问题啊，要防什么样的小人啊，儿子什么时候能找上对象啊，与某个属相的人合不合啊，孩子成绩、前途会怎么样啊，能不能考上学校啊，等等。

不一会儿工夫，知道的乡邻们都陆续围拢过来，像看戏一样，一起听先生说某个人的命运。一家算完了，另外一家也会接上算，大家谁不想知道自己近期的命运如何呢？

人们关心的，能想到的，都可以问，先生似乎无所不知，无所不晓。一支命算下来，大约十来分钟。这十分钟，先生以有点神秘的方式，试探性地说出了久居在人们心里那份最真、最美好的愿望。

在与先生的一问一答中，勤劳、辛苦、淳朴、本分的乡村人，似乎看到了自己与家人安稳、祥和与幸福的未来。如果算出来哪些不顺的灾与坎，先生都会在人们的焦虑中找到破解的办法，会提醒生活中注意的事宜。消灾除难，这同样是人们迫切需要的。

那些年，乡村人很喜欢把自己的命交给算命先生算一算，改一改。他们认为，能改善他们生活与命运的，除了天地与自然之外，还有这个能给他们些许安慰，可以逢凶化吉的算命先生。

印象中，在我几岁的时候，母亲也给我算过几回命。

算命先生说的那些，都是给大人听的，我只是无心地在一旁凑着热闹。只有一点，我至今还记得清清楚楚，先生儿回都说这孩子"呆呆的"。我还记得先生是这样形容我的："你让他看看烟囱可冒烟，他抬头看了半半天。"

就这么一句顺口溜，三四十年过去了，我依然记得很真切，还时常想起来，这可能也是我突然向母亲问起算命这个事的原因吧。母亲解释说："村子里现在早就没有人算命了，也不知道多少年没有见过算命先生来了。"

现在想来，先生说的还真是挺准的，这些年，我一直就这么呆呆傻傻地过来的。

这些年里，父亲、叔叔、大伯、大妈，还有很多我曾经听过他们"命"的长辈，都离开我远去了。我有时回老家在村子里溜达的时候，还能想起他们围在一起请算命先生说"命"的情形。那些一问一答的画面，那些期盼的眼神，那些认真、严肃、虔诚而又欢喜的样子，那些热闹的场景，仿佛还在眼前，挥之不去。

在城市的天桥和一些行人多的路口，我也经常能看到给人看痣、卜卦、算命的人，蹲在那里，喊着要给路人看相。不知道为什么，我总是绕开他们，不愿去凑这个热闹。

村庄里的人早就不再算命了。我的命早被儿时的算命先生算过了，不用再算了，呆呆的，一直挺准。

2019 年 7 月 15 日

农家的腊八

今天是腊月初八了。从故乡束家园到省城合肥生活已经 20 多年，但我现在依然喜欢用农历来纪月纪日。刻在心里的东西，是很难改变的，所以我更倾向于说"农家的腊八"。从小在农村长大的我，生日以及各种有着特殊纪念意义的日子，大多也是按农历来记录的。

自古以来，腊八就是家喻户晓的民间节日，各地风情民俗很多，比如祭祀祖先，泡腊八蒜，吃腊八面，喝腊八粥，冻腊八冰，等等。民间有"过了腊八就是年"的说法，意味着到了腊月初八这天，就拉开了过年的序幕。

我记忆中枞阳老家的腊八，既没有喝腊八粥的风俗，也没有吃腊八面的习惯，而是个扫尘的日子，也就是俗称的"大扫除"。全家老老少少一起动手，将几间屋子上上下下、里里外外、前前后后都打扫得干干净净，将一年中积存起来的杂物重新整理，归置妥当，将家里不需要的破旧东西全部清理出去，以焕然一新的姿态迎接新年。

吃过早饭，父亲和母亲会穿上一件破旧或者废弃的衣服，或者系上大围裙，招呼我们一起，洒水扫地，擦洗家具，清除墙角与天花板上的蜘蛛网，忙得热火朝天，让人一下子就有了要过年的感觉。

折腾了大半天时间，个个灰头土脸的，屋子里外终于焕然一新，只是忙得母亲都腾不出手来做午饭。

午后一两点钟了，母亲只好下点热乎乎的面条，热点剩稀饭，一家人就着咸萝卜，凑合着一顿，但也其乐融融。吃饭时，父亲还笑着说："除旧迎新，一年中的霉运、晦气与一切不好的气息，也随着灰尘被我们打扫走了，新年会有新的气象了。"

从腊八开始，父亲和母亲除忙着田间地头的农活外，还忙着置办各种年货。做豆腐，炸圆子，蒸米面，打米糖，炒花生，碾芝麻，磨汤圆粉，请人写春联，一直要忙到除夕夜。我们除了上学读书，就跟着父亲和母亲后面做帮手，遇到好吃的，也能提前尝尝鲜，吃个痛快。

扫尘的"尘"与"陈"同音，寓意着除陈布新，扫除陈年的晦气与霉运，以崭新的面貌，迎接新的一年的朝气。

腊八这天，家家户户如此认真地来个大扫除，除了清洁卫生之外，更像是一种仪式，也像是一种宣示，宣示着要向长期以来的拮据生活永久告别。这里面，蕴含着一向淳朴的农家人对美好生活的无限向往与期盼啊。

如今人事变迁，只有母亲一个人在老家生活了。我不知道今年的腊八，母亲是不是也像过去那些年一样，将屋子上上下下、里里外外、前前后后都打扫得干干净净的，毕竟这也是个体力活，一个人清理，搬也搬不动，拖也拖不动，搞起来一定累得够呛。我也不知道，母亲现在还有没有这份心境。

前几天，我回了一趟老家看望母亲，也在束家园里转了几圈。今日不像往昔，已经进入腊月了，束家园依然十分冷清，很多户人家大门还是紧锁着，门口的枯草很多，也很深，务工的人们还没有回来，连小狗的叫唤声都没有，只有鸟儿在门前的竹园和树林里叽叽喳喳地乱叫着。

他们常年在外务工，大多要忙到腊月二十之后才舍得往回赶；甚至有人怕来回折腾，干脆就不回来过年了。村庄里的年轻人几乎都出去了，长辈们年老体衰。这个腊八，束家园里估计少有人家像过去那样认认真真地来个大扫除了。

民间也有"腊月二十四，掸尘扫房子"的说法，那就等到过小年时再补个大扫除吧。他们一年到头都在外面忙，家里的积尘估计很厚很厚了，不花个一天半天，彻底清扫干净，然后再花一天两天时间，把年货买齐，哪里还像个家呢？哪里还像过年啊？

　　从乡村到城里生活，高楼之上，繁忙之中，很多人慢慢地就简省了一些看似烦琐的风俗，也省了一些仪式般的繁文缛节。日子久了，也就渐渐地习惯、适应了，心也渐渐地僵硬、枯萎了。

　　我想起清代诗人王季珠的一首题为《腊八粥》的诗：

　　　　开锅便喜百蔬香，差糁清盐不费糖。
　　　　团坐朝阳同一啜，大家存有热心肠。

　　我很喜欢诗人描写的画面，温暖如春。腊八这天，揭开锅盖，就闻到了蔬菜香味，残次的碎米熬成的粥，只放少许盐，不用添糖，一家人围坐在一起，在阳光下，喝着热乎乎的粥，肠胃一下子就暖和起来了，气氛和谐融洽。

　　这不就是我们整日忙碌而要追求的生活吗？世事变迁，日新月异，但我还是很怀念儿时农家的腊八。那不是一个日子，而是一种生活。

　　　　　　　　　　　　　　　　　　2022 年 1 月 10 日

浮中往事

我上枞阳县浮山中学还是二十世纪九十年代初的事，那时物质比现在贫乏得多，一年的学费 42 块钱，生活费更是紧紧巴巴的。

即便这几十块钱的学费，家里也得在开学前很多天就开始东拼西凑，东挪西借，再加上临时卖点竹子、鸡蛋、黄豆等农副产品，才勉强凑齐，让我在开学报到的时候按时交到学校。竹子是父亲在我开学前几天从竹园里砍出来的。

浮山中学坐落在风景秀丽的浮山风景区脚下，离我的束家园老家有六七十里路。为了节省路费，也省去折腾，我一般一个月才回家一次，通常是周六下午放学回去，周日午后返校。每次都要先走十里路到镇上，再折腾两趟三轮车，让人吐得死去活来。

每次回去，母亲都会烧一个大菜，让我好好吃上一顿。返校时，母亲会再给点生活费，还会用重重的菜籽油，炒好一大瓷缸子咸菜或黄豆让我带上，有时还会加上一点茶干切成的小丁。

我最喜欢的一道家乡菜是"肉烧山芋粉圆子"，每次母亲端上来，看着它滚烫滚烫地冒着热气，我就忍不住直咽口水，迫不及待地想动筷子，母亲总是能看出来，温情地说："你先吃啊。"鸡蛋般大小的圆子，我是一口一个，常常烫得一个劲地倒吸冷气，还噎得直打嗝。母亲在一旁焦急地叮嘱："你慢点吃，别烫着，别噎着，没人跟你抢哟！"学校里的大锅菜哪有这份油水？虽然明知没人跟我抢，但我也做不到细嚼慢咽啊。

母亲按月给我生活费，每次大约一二十块钱。每次母亲给我多少，我就接多少，多少都行，多就多吃点，少就少吃点。这一二十块钱，或许就是这一个月来家里卖农副产品的所有积蓄。

我不知道母亲是从箱子里哪个角落掏出来的，每次都在阴暗的房间里待半天才走出来，卷在一起塞给我。面额十块的、五块的、两块的、一块的都有，从大到小排列。大的在下面，小的在上面，大的把小的包裹在里面，厚厚的一卷。

有一次出门前，母亲照样给我生活费，不知怎的，我发现生活费最外面是一张面额 50 元的。平时我是很少见到面额 50 元的钱，家里也极少出现，一般是在集中卖粮食或者猪仔的时候才会见到。

上个月回来，我发现家里母猪下了一窝小猪仔，十来个，也许正是这阵子家里卖了猪仔攒了一些钱。

我悄悄地接过生活费，以为是母亲一次性给齐这学期的，所以没有说话。到学校宿舍后，我才打开数了数，一张五十的，里面裹着几张十块和五块的，总共将近一百块钱。我小心翼翼地把它们藏到放衣服的包里，像对待珠宝一样，生怕丢了。

第二天午饭后，我在学校大门口溜达，突然看见父亲站在学校门前的台阶下面，推着家里那辆陈旧的飞鸽牌加重自行车，后座上还架了一蛇皮袋米，正在东张西望着，神情焦急，像找人似的。

我有点不敢相信自己的眼睛：自从去年九月父亲送我到浮山中学第一次报到以来，这一年多父亲从没有再到学校来过。我知道，一年忙到头的父亲没有这个闲工夫，更是舍不得平白无故地花去三轮车的车费。

还没等我喊，父亲就一下子认出了我。父亲很是惊喜，极其兴奋地说："我在门口站半天了，我就知道你中午一定会出来。"

那时没有电话，除了书信之外，没有更便捷的信息往来了。我的眼泪忍不住在眼圈里直打转，我也不知道究竟是为什么，意外，惊喜，想家，抑或其他。看到父亲的那一刻，百感交集，很想一下子宣泄出来，但我忍住了。

平静下来之后，我问父亲来学校找我干什么，父亲见我问他，并没有对我嘘寒问暖，反而神情凝重、开门见山地问我："昨天你妈给了你多少生活费？"我说："将近一百啊，一个五十的，三个十块的，还有一点零钱。"

父亲顿时如释重负，一下子放松了下来，笑着说："那就好，那就好，家里那张五十块钱，刚卖小猪卖的，我和你妈把几间屋子都翻遍了，怎么也找不到，你妈不记得放哪了，在你这就行，在你这就行。"

我终于明白父亲的来意了，我不知道父亲和母亲这一夜睡着了没有，我也不知道父亲骑这六七十里的小路是怎样的感受。也许，所有的焦虑、懊恼、猜测、祈求、疲倦，在这一刻都烟消云散了，出现在父亲心头的，是一轮刚刚升起的红彤彤的太阳。

父亲推着破旧的自行车，我领着父亲到宿舍里，父亲把车后座的那袋米卸了下来，放在宿舍的门后，让我有空时交到食堂里换饭票，然后一屁股坐在我的铺上，很沉重、很沉重的样子。

父亲问我衣服够不够，晚上睡觉冷不冷，我说够了，不冷。说话间，我从包里翻出这张五十块钱，递给父亲，父亲一边接着，一边习惯性地假装着推辞，像对待别人递过来的香烟一样。父亲说："你要用就留着。"我说："我用不上啊。"

父亲接过钱，起身就要走，说家里还有事，也许他还想着早点回去把这个好消息告诉正在焦急等待的母亲。我要带父亲去食堂打点饭吃，父亲坚决不肯，说回去晚了，一会儿天黑了路不好走。那天中午，父亲肯定没有吃饭。

我送父亲到学校大门口，看着他跨上叮当响的自行车，一路上坡，渐渐地消失在我的视线里。

我大学毕业后没几年，父亲就突发疾病，永远地消失在我的视线里了。刚毕业时，我的收入很微薄。回头想想，父亲这一生，没有用过我什么钱。

现在每次回老家，临走时，我会塞给母亲一点钱，用作生活费。母亲总是推推搡搡着说："我还有钱，用不上，你留着用吧，你们城里要用钱的地方多。"以至于后来，我只好在走之前偷偷地塞点钱在母亲的枕头底下，回城了再打电话告诉母亲，母亲总是要在电话里头责怪一番。

时间已经过去很久了，我现在还常常默默地想起我在浮山中学的这段陈年往事。想起时，一切寂静无声，只有眼泪悄悄地流。

2019 年 10 月 11 日

我 的 小 学

　　我的小学叫"梅花小学"，我在那里没有见过梅花，听说很久以前有很多。那时小学是五年制，这五年便是我童年时期的全部时光。那段时光里，我无忧无虑，懵懵懂懂，不知道学习是什么，也不知道日子是什么。

　　我的小学一、二年级是在村庄南边大约两里路外的一个庄子上读的。一个小山坡处，低矮的两间教室并排着，土坯砌成的墙，木头门窗，稻草屋顶。小小的黑板，是在土墙上用黑漆涂黑了的一块抹了水泥的墙面。两个相隔一米多的泥巴墩子上，放置一块木板，便是课桌了，三四个人共用着。板凳是开学时各自从家里带过来的，上面写了名字或者做了容易识别的特殊记号。

新学期开学时，我们不仅要带上学费和板凳，家长还得带上一捆当年收的稻草去，供学校翻新教室屋顶用。如果桌墩子散架了，家长还得弄点烂泥巴来加固一下。

教室门前有一块小小的稻床，是我们课前课后嬉戏玩耍的地方；教室后面还有一大块荒芜的山坡，那里没有树木杂草，是属于我们的更广阔的一片天地。

学校里只有吴老师和王老师两位老师，我们没有上过幼儿园，他们艰难而耐心地教我们学语文和算术，我们慢慢地学会了字母和拼音，认写了一些汉字，也学会了简单的算术。

小时候，我的心思不在学习上，而且那时大多数人似乎很笨拙。几个阿拉伯数字，老师教了很多天，我们也写不好。老师说："1字像扁担，2字像鸭子，3字像耳朵，4字像旗子，5字像吊钩，6字像哨子，7字像镰刀……"但拐弯抹角的东西，我们就是画不好。我清楚地记得，一个"3"字，我怎么也画不好，老师捉着我的手，教了我很多遍，我才勉强学会了；一个"甲"字，我总是会在"曰"字下面多写了一横，后来干脆分两次写，先在田字格上写好一行"曰"字，再统一加上一竖了事。

玩耍是我们的天性，一学就会。课前课后，我们男生在教室前斗膝盖。斗膝盖是一种比较"野蛮"却最能彰显男子汉气概的游戏。它不需要借助任何工具，没有场地限制，也不受时间约束，只需要将自己的一条腿抬起，架在另一条腿上，用双手抓紧它，然后两人膝盖对膝盖相搏斗，撞、砸、挑、压、抵、扫、冲，怎么斗都可以，将对方斗倒、斗翻或者松手即为赢家。

男生还爱弹弹珠，拍纸牌，滚铁环，打陀螺，占"国家"，丢鸡毛枪等；女生则爱玩文静一点的游戏，比如跳房子，抓石子，跳皮筋，踢毽子，丢手绢等。

我们常常在不知不觉间玩到教室后面的荒坡上，越玩越远，常常因为听不见上课的哨声而迟到，慌着跑回来时，被老师逮住，罚站在教室门口还不知悔改，相互做着鬼脸，偷偷地笑。后来我也当了老师，想起这些事，还在心里琢磨着：当年我要是老师的话，肯定会替他们辛苦的父母狠狠地踹上他们几脚。

印象最深的是一种我们称之为"挤油"的游戏。大冬天的课间，男生和女生一起并排着，弓着腰，叉着两腿，紧贴着教室的土墙，小心地往前挤，被挤出来的人就得乖乖地跑到队伍后面去，重来。时间久了，教室的墙壁被我们摩擦得锃亮，破旧的棉袄上蹭满了灰尘，但大家全身暖和，笑翻了天，乐此不疲。

那两年的时光过得很慢，肚子饿得很快，常常不到放学的时候，肚子就咕咕地叫起来了，特别是最后一节课最是难熬，无心听老师讲课。

三年级的时候，我们换了一个地方上学，是在村庄东边不到一里路的另外一个庄子上，那一片也是一个小山坡的高处。那里是梅花村村部所在地，村里唯一的小卖部也坐落在那里，所以自然是村里名副其实的"政治中心"和"商业重地"。村子里放露天电影时，也都是在那片山坡上。

稍矮一点的地方是小学三至五年级的教室，高一点的地方是初中部，中间隔着一条小路。我的三年初中就是在那里上的。那里的小学已经是砖房了，屋顶上盖着油毛毡，新学期开学时不用带稻草了。教室里配有桌椅，木制的，不是泥巴做的腿了。

这几年，大家一如既往地玩，不知道要学习。玩的还是那些游戏，不需要创新什么，十来个游戏，足够我们玩上几年。有时候，也会文艺一点，到小卖部周围捡些糖果纸，或者收集烟盒子和火柴皮。糖果纸、烟盒子和火柴皮上面，是稀奇古怪、丰富多彩的图案，是五颜六色、花花绿绿的世界，是初心萌动、虚无缥缈的梦想。

橡皮弄丢了，我们就到山洼那处垃圾堆里去找一块。有一天，我惊奇地发现，垃圾堆是个宝藏，用心去找，想要的东西那里面都有。我是垃圾堆里的常客，在那里，橡皮、尺子、铅笔、笔帽、橡皮筋、吸铁石，都很容易找得到，甚至有时还能找到几个一分、两分的硬币，有时还能发现意料之外、从未见过的"宝贝"。

到了五年级的时候，我的胆子越来越大了。一次大课间，我从教室外面的坟头上捡到了一些零散的小鞭炮，回到教室后仍然收不住激动与好奇的心，正好邻座的同学手头有包火柴，也不知道是哪根神经错乱了，我在老师上课时点燃了一颗爆竹，猛然间响彻教室的爆炸声让所有人都尖叫了起来。老师反应过来之后，命令我站起来。竹棍子无情地打在我的头顶上，我的眼前顿时是无数的小星星，一闪一闪地发着金黄色的亮光。

　　这样整整玩了五年，我没有考取近在咫尺的梅花初中，父亲怕我跟不上，找老师安排我在小学复读了。

　　考上初中之后，我一下子老实了很多，也开始知道要学习了，连过年时从小卖部里买回来的、包糖包的往年中考试卷，我也十分珍惜，一题一题地做，成绩也呼呼地上来了。我不仅担任了三年的数学课代表，还辅助语文老师改了三年同学们的作文。中考时我不负众望，以数学满分的成绩考上了县里最有名的浮山中学。

　　现在，梅花小学还在那里，梅花初中前些年并到镇上麒麟初中去了。留下来的场地也让给小学了，旧貌早已换了新颜。每次回到老家时，我都还会散步到对面山头的小学去看一看。几层小楼，红白相间的外墙，整齐的绿植与花坛，看起来挺温馨的。

　　我不认识这里的老师了。听母亲说，如今这里只有十几个学生了，今年可能就开始不收新生了，老生也要并到镇上去；村子里的小孩子越来越少，要上学的话，就到五六公里外的镇上中心小学去，那里人多，条件好。

我有点怅然若失，但我知道，有些东西，谁也留不住。庆幸的是，我那有点"颓废"的小学时光，成就了我永远难以忘怀的美好童年。

2022 年 8 月 15 日

辑五 } 望极天涯不见家

　　母爱如水，静静地浸润着我们柔软的心田，常年流淌，白天黑夜，从不停歇。而父爱呢，那是山，一座很高很高的山。从我出生那一天起，它就一直矗立在那里，岿然不动，却蕴藏着无穷的力量。

曾经的家园　汪晓彬画

清苦的外婆

　　早上起来去菜市场买菜的时候，我想起了我的外婆。我和小妹的童年是在外婆家度过的。换句话说，外公和外婆带着我和小妹走过了我们的童年。外公走的时候，我刚上小学；外婆走的时候，我小学毕业。

　　我已经不能清晰记得外婆的相貌了，但她清瘦、慈祥的模样，刻在我的心头，我是永远也不会忘记的。

　　外婆家离我家只有三四百米路。小时候，父亲和母亲每天都要到生产队里干活挣工分，我们便随外婆一起生活，每天就住在外婆家里。虽然和外婆曾经如此地朝夕相处，但无情的能磨灭一切的岁月，让我已经不记得多少了。回忆星星点点，随记下来，以纪念我的外婆。

那时乡村里没有电，夏天的时候，外婆一闲下来，便让我们坐在她的身旁，是那么那么的近。外婆一手搭在我的肩膀上，一手摇着芭蕉扇，摇一会儿，手酸了，就让我们坐到另一边去，换只手摇。世间最清凉的风，莫过于此。

傍晚时分，外婆早早煮好稀饭，将竹床搬到门前的稻床上，等外公忙完农活之后就开饭。小时候啊，小孩子们消化快，一餐不待一餐，好像顿顿嗷嗷待哺，恨不得餐餐早点开饭。但外婆经常告诉我们，开饭必须要等人到齐了。有时，外婆会弄一点可以捧在手上的东西，让我们到旁边去吃，垫垫肚子。

晚餐的菜肴，大抵是一盘时令蔬菜，一盘油炸花生米，或者是炒黄豆，或者是一碟炒芝麻。黄豆炒好之后，是用水加盐焖软的；芝麻炒好之后，是在上面撒点白糖，用筷子蘸着吃的，那一点点白糖，每每把人馋得直流口水。

吃完饭之后，外婆立马把竹床打扫干净，我们便躺在上面乘凉。农家夏日的夜空，满天繁星，遥远深邃。这样的景象，我已很多年没有见过了。

外公、外婆收拾好之后，便一起过来，给我们扇扇子，打蚊子，讲故事，捉萤火虫。父亲、母亲、舅舅、舅妈吃好忙完后，就过来一起乘凉，聊天，很是热闹。

小时候，物质很贫乏，早晚必定是稀饭，中午才有一顿干饭吃。菜很简单，不过是菜园里的时令蔬菜和自家腌制的萝卜白菜。家里来客人的时候，才会杀个小鸡，或者去镇上称点肉。

外婆生有三个儿子和五个女儿。儿子都在身边，不算客人；女儿出嫁之后，回来便是客人。我的姨娘和姨父常常回来看外公和外婆，或者帮助干些农活。

他们一回来，我们孩子们也就忙了，因为外婆总是给我们一点钱，让我们到两三公里外的一个小镇上去买豆腐，买酒，称肉。

那时炒菜用的是自家种的油菜籽榨的菜籽油，有一股青涩味和油烟味，必须用大火炼熟了才能去除。这种青涩味和油烟味，在城里生活的人，不大喜欢，可我到如今都很喜欢，现在还常常从老家带点这种菜籽油回来吃。

猪油，是农家人想吃却不是轻易可以吃到的，家里来了客人，称了肉，才能有这口福。猪油很香，是用肥肉炼出来的。瘦肉是用来做籴肉的，将肉剁碎，裹上淀粉，放到沸水里再烧开，放点盐和刚刚炼制的猪油，再加上几滴酱油、一撮葱末，盛起来即可，味道很鲜美。

记得每次在我们要冲出门之前，外婆都要拉住我反复叮嘱："记得叫人家不要搭太多的骨头啊！"如今的肉店，肥肉、瘦肉、排骨是分开卖的，排骨最贵，差不多是肉的两倍价。那时不是，骨头没人要，肉少，不划算。于是，肉店老板就将骨头剁成小块，和肉一起，按照一定的比例，搭配着卖掉；熟人或者"不好讲话"的人就少搭一点，陌生人、不多讲话的老实人就多搭一点。因此，外婆每次都郑重其事地再三叮嘱我们，要记得叫人家不要搭上太多的骨头。

听母亲说，外婆每次炼猪油的时候，锅台边总少不了两个人，一个是外公，一个是我。母亲说我们都盯上了那几块炼到最后小得可怜的油渣，都很想吃，搞得外婆都没有办法了。看来，小时候我常常和外公抢油渣，或者说，外公和我抢油渣。具体的细节我记不清了，但油渣那油油的、香香的、脆脆的味道，我是记得清清楚楚的。

冬天的孩子们，是少不了赖床的。外婆喊我起床的方式，却很特别。不是一个劲地喊叫，不是掀被子，而是端来一碗香喷喷的黑芝麻糊，闻起来香，吃起来甜。那诱人的味道，让人无法抗拒。

小时候，小孩子没那么多卫生可讲究，常常不刷牙，甚至脸也不洗。我常常从被窝爬起来，靠着床头的墙壁坐着，端起碗就吃，吃完还舔干净。外婆说，我舔过的碗，比她洗的还干净。这样心满意足之后，我才从床上蹦下地来。我小时候长得胖乎乎的，或许和这记不清多少碗的黑芝麻糊是有关系的。

那时候，盐都是稀缺品，何况并非生活必需品的糖。对于我们来说，糖更是稀罕物。记忆中的黑芝麻糊非常甜，我想，外婆是舍得放糖的。而她自己，又舍得吃多少糖呢，我无从知晓。

现在每每看到超市里卖的袋装黑芝麻糊，我就自然想起外婆和她端来的黑芝麻糊。

小时候，我的生活是甜的，外婆的生活却是苦的。外婆一生的清苦，曾经年幼无知的我，是大体知道却是无法体会的。

儿子陆续成家分家、女儿相继出嫁之后，外婆便一直随最小的儿子生活。天妒好人，常不遂人愿。我的小舅在一次车祸中意外离去，外婆伤心欲绝。外婆常常被母亲和我们从几百米外的、小舅的坟头硬拉回来，当我们找不到外婆的时候，我们便到小舅的坟头处找，她一准瘫在那里，默默流泪。

后来，外婆在二舅家生活，也常常来我家，母亲总是陪她聊聊家常，安慰一下她那颗早已思念成疾的心。每次远远看到外婆来了，我就立马回屋喊母亲，再搬出凳子给外婆坐。我就坐在外婆和母亲的身旁，总能感觉到冬日阳光一般的温暖。有她们在，我永远是个无忧的孩子。

有一次，我听姨父说起过，他无意中看过外婆躲在灶台后面，啃着客人啃过的骨头。姨父说，大门被他推开的一刹那，他看到外婆迅速地把骨头藏到了身后。我什么都没有说，却像一个冷静的观察者，在心里头深深地记下来这一幕。

几十年过去了，我还常常想起这件事。外婆的一生里，究竟藏着多大的隐忍和委屈啊？也许正因为此，我对儿时物质贫乏的印记，可能比身边任何同龄人都强。

外婆的模样，我已经完全不记得了，但她给我留下的清瘦、清贫、清苦，慈祥、慈爱、慈悲的印象，我永远也不会忘记。

2018 年 11 月 4 日

父 爱 是 山

　　有朋友不经意间问我："你的文章里为什么写母亲的很多，而很少写到父亲？"我没有直接回应。一方面，我不想说明父亲已在十多年前离开了我，我和父亲之间因此少了太多的故事；另一方面，在我看来，父爱和母爱是完全不一样的。

　　我和父亲共处的整整三十年的时光里，定格下来的片段少之又少，连一张合影也没有。父亲走得太突然，在那贫困的岁月里，父亲连一张正式的照片也没有留下来。挂在老家客厅里的父亲的遗像，是我当年在省城路边找了一家破旧的小照相馆，让人按照父亲身份证上的照片画出来的。像，又不太像。

　　小时候，我懵懂无知，任凭光阴流逝；长大了，为了求学，我又远离家乡，只在节假日时回到家，帮助家里干点农活；再后来，我在外地工作定居了，每年只在春节的时候回来过个年，和父亲一起相处的时光更是少之又少了。

　　在老家生活的那些年，留在记忆里的，都是母亲的嘘寒问暖和唠唠叨叨，喊我起床，喊我回家做作业，喊我吹灯睡觉，喊我吃饭，喊我添衣裳。父亲是极少管我的，他整天忙着田间地头的活，没事的时候，也驮把锄头到田间晃一晃。

　　很多年前，我听母亲说起一件事。有一段时间，我工作忙很了，一个多月都没有打电话回家。有一天晚上，父亲在睡觉前，对母亲抱怨说："这个臭小子，一个月都不打电话回来。"我离开家乡后，父亲主动说起我的，我知道的，只有那一次。

　　很小的时候，我生了一场大病，连续几天发高烧。那时乡下医疗条件极差，我差点没挺过来。父亲每天把我架在他的脖颈上，驮到几里路外的乡村医生家里打针。

　　连续很多天，在傍晚时分，父亲从田间赶回来，放下农具，带着一身泥土，一把举起我，让我坐到他的脖颈上，两条小腿放在脖子两边。父亲举着手，紧紧地抓着我的两只小手，特别稳当。这大概是男人抱孩子的最好方式，也是孩子们最喜欢的方式。

因为高烧，一路上我都是晕乎乎的，不知道父亲有没有和我说话，只觉得自己很高很高。父亲快步走在田埂上，一颠一颠的，风吹着我的脸，我感到很凉快。病好以后，我再也没有在父亲的脖颈上坐过，我又变得很矮很矮了。

父亲救了我一命，这是他的责任，更是我的福气，我和父亲因此多了二三十年的相处时光。这二三十年里，父亲是一座山，我是山脚下的一棵小树。而等我有能力回报的时候，父亲悄然离去，如同山一般的深沉，再也不说话了。

我和父亲还有一段缘分，那是我上小学的时候。那天傍晚，不记得因为什么，我生气耍赖，死活不肯吃饭。母亲不厌其烦地劝我，我就是不去端碗。

父亲在一旁看着干着急，一边大口吃饭，一边狠狠地说："不吃算了，让他饿着！"母亲又走过来劝我："快去吃饭，我要洗碗了，就等你吃完。"我还是一动不动，嘴里一直嘀嘀咕咕没完。

又过了一阵子，大家都放下碗筷了，父亲猛然快步走到我身后，用他那只钳子一般粗糙的大手掐住我的后脖子，死劲地把我往厨房里推，并且恶狠狠地说："你到底吃不吃？"

我被父亲突如其来的举动吓坏了，我的整个脖子都陷在他的大手里，动弹不得，也喘不过气来。我从没有真切地体会过如此粗糙有力的大手，像千年的老树根一样戳人！

母亲连忙跟着走过来，把饭碗递给我。我接过饭碗，哇哇大哭起来。母亲在旁边劝我："好了，好了，快点吃吧，脖子都红了。"

母亲轻轻地摸了摸我的后脖子，父亲默默地走开了，我边哭边吃，小妹在一旁站着。那一幕，我记得尤其深刻，如同在清澈的童年时光里，洒了一滴墨水，永远也褪不了色。从那以后，我再也没有惹他们生气过。

在我看来，母爱就如水一般，静静地浸润着我们柔软的心田，常年流淌，白天黑夜，从不停歇。只是如今，母亲越来越老了，这股爱的水流越来越细，越来越弱，越来越安静。

而父爱呢，那是山，一座很高很高的山。从我出生的那一天起，它就一直矗立在那里，岿然不动，却蕴藏着无穷的力量。这座山和我很近很近，只有昂起头来，才能看得见它的模样。

父亲走的那年，我还没成家。

时光悄悄地流逝，如今，我已长成了"父亲"，也如山一般。山脚下，也有一棵小树，在茁壮成长。

2020 年 9 月 16 日

"大厨"父亲

　　父亲是个农民，专业的；父亲又是个"大厨"，业余的。父亲总是微笑着，人缘极好，还曾因此当过几年生产队长，当然也是业余的。

　　父亲的厨艺，对付几桌乃至十几桌像样的乡村宴席菜，是没有问题的，村子里遇有红白事，父亲就从田间地头爬上来，拍去身上的泥土，系上围裙，从专业的农民临时变成业余的大厨。

　　根据参加宴席的人数多少，父亲会准确地报出菜肴原料的品种和数量，让人提前一天去镇上采购。原料买回来之后，父亲当天晚上就在两三个手巧的农家妇女的帮助下，配出菜肴，分门别类放好，第二天只要上灶就可以了，省时省力。先烧什么菜，再烧什么菜，最后烧什么菜，父亲都胸有成竹，心里有数，一切都有条不紊地进行，不会出一点差错。

小时候，我常常跟在父亲后面凑热闹，蹭人家饭吃。看着父亲一边拿着大勺在锅里翻来覆去，一边指挥着大家这事那事，一副极其自信的样子，我从心底感到自豪。

父亲喜欢抽烟，烧菜时嘴里总叼着一支烟。忙起来的时候，烟灰很长很长，也来不及弹去。我常常在一旁看着直着急，生怕烟灰掉进锅里。但纯朴的乡村人丝毫不在乎，没有那么多的讲究，还一个劲给父亲递烟、点火，搞得父亲有时左耳右耳上都夹上了烟。

我记得第一道菜就是"油焖千张"，父亲一次性烧七八大碗，一桌一碗。大家早已饥肠辘辘，千张上来之后，一人一筷头就没了。第二道菜"肉烧生腐"很快上来了，时间衔接得刚刚好，又是很快就被吃光了。那些年头，大家实在是太馋了。

有了两道美味可口的豆制品和一些油水垫底后，酒就可以放开喝了。五六个菜上来之后，大家就没有那么饿了，烧菜的速度也渐渐放慢。父亲不时地出来察看一下桌子上菜肴的剩余情况，招呼传菜手将桌子上的空碗收回去，适时增添新菜品。

这期间，烧肉、烧鱼、烧鸡、鱼丸、肉丸、豆腐丸与各种炒菜，都会间隔着陆续端上来。父亲成功地吸引着大家的目光，调动着大家的味蕾，让人们在期盼中享受着一次又一次的惊喜。

宴席最后一道菜必定是"油炸糯米圆子"，代表着"圆席"，有圆圆满满的意思。这道菜一上来，大家就知道，菜都上完了，只剩下一份汤了。没吃饱的赶紧吃，吃饱的可以离席了，还有一拨人等着开二道席呢。

几个小时忙下来，父亲有些劳累，长时间被油烟熏得没有什么食欲了，坐在灶台一旁抽烟，喝点清淡的豆腐汤。看着大家酒足饭饱的样子，父亲很是满足，有人过来递烟问好时，他露出孩子般甜甜的、憨憨的笑。

父亲没有系统地学习过厨艺，烧菜的技术全靠自己琢磨出来的，但弄起乡土味的宴席还是从容不迫、得心应手的。这一点，乡亲们是认可的。

没有红白事，父亲便是家里的"大厨"，负责平日家里四口人的粗茶淡饭。家里的食材很简单，但父亲也可以做出鲜美可口的味道来。

每逢佳节，父亲还会想法多做两个菜来犒赏我们。过年的时候，父亲更是围绕着厨房忙前忙后，变着花样做出各种各样的美食和点心，我和小妹也喜欢在厨房里打转，窝在灶口烘火，时不时用手抓点什么吃的。

那么多年，年味在父亲的忙碌中，浓郁极了。

父亲离世后，偶尔还有人说起父亲的那段"大厨"经历，还会啧啧称赞。

如今，村子里遇到红白事，会有专门的流动宴席团队上门服务。桌椅、碗筷、菜肴等等，都是他们带过来的，提供一条龙服务，数百上千元一桌，四个凉菜，六个锅仔，形式千篇一律，味道也和城里差不多了。

这些年，我也接替了父亲，成了家里年夜饭的"大厨"。我的厨艺远不及父亲，但也能将年夜饭做得有声有色，有滋有味。

今年，爱人带着孩子回家陪岳父母过年去了，我和母亲的年夜饭因为人少而极其简约。母亲生火添柴，我掌勺，弄两个简易的菜，排骨烧生腐和小蒜炒青菜，一荤一素。我们吃得简单素净，却也温馨祥和。

大年之夜，我又想起了我的"大厨"父亲，和他陪伴我的那些年少的岁月。

2020 年 1 月 25 日

父亲的烟味

　　我向来没有抽烟的习惯，也不喜欢香烟的味道。我在聚会时，常常被朋友们的烟气呛得直咳嗽。但奇怪的是，这些年，我时常想起父亲身上的烟味，那是一种非常独特的味道。那味道似乎并不难闻，它深深地留在我的记忆中，永远难以忘记。

　　父亲是个地地道道的农民，一辈子和泥土打交道，抽烟是他一生中最大的爱好。在他六十年的生命里，烟陪伴了他四十多年。在我的记忆里，除了睡着的状态，烟几乎不离他的手。一天下来，差不多要抽两三包烟，当然，也散了些给别人。我曾经听父亲说过，一边抽烟，一边干活，干活都有劲些。说这句话时，他好像是在和我们说，又好像是在自言自语。

父亲抽的都是最便宜的烟。在我的印象中，从几毛钱的白纸盒装的，到后来一两块、三五块一包的那种。父亲从来不在乎烟的好坏，家里只要有烟，他就心满意足了。

父亲常常整条整条地往家里买烟。烟买回来之后，父亲直接拿到房间里，找一个很重要的位置放好。父亲每次抽到最后一包烟时便找母亲拿钱买烟，这当中总是显得有点慌张，最怕青黄不接；那神情，那样子，我是记得的。

父亲和母亲唠家常时，母亲说过父亲，要是不抽烟，一年要节省多少钱啊！父亲说："不抽烟怎么照呢？饭不吃都照，烟不抽真不照！"父亲说到这个份上，母亲也就不多说了。

因为长期抽烟，父亲身上有着一股浓郁的烟味，远远的，我就能闻到。小时候，我常常趴在父亲的腿上玩，时间久了，他的衣服里散发出来的浓烈的烟味，我特别熟悉，给人一种非常安全的感觉。

父亲常常用他的拇指与食指捏着我的鼻子，给我擤鼻涕，那股刺鼻的焦油味又总是让人想躲开。我曾偷偷地看过父亲的手，粗糙中满是老茧，右手的食指与中指黄得发亮，像打了一层蜡似的。

家里来客人时，父亲总是迅速地从口袋里掏出香烟，笑嘻嘻地递上去。有人路过家门口时，父亲也会热情地上前敬烟。田间地头遇上熟人，父亲也总是抢在别人前面掏出烟。这是父亲的待客之道，父亲认为别人也都像自己一样喜欢抽烟。

我从十六岁开始，便去外地上高中了，我和父亲的接触就少了，工作之后就更少了。那些年回老家时，父亲从没有试探着让我抽烟，也没有问过我是否抽烟。我不知道这是为什么，也许在父亲眼里，即使二十多岁了，我也是个未长大的孩子。

记忆中，我给父亲买过两条烟，是在工作之后回家过年的时候。我记不清是什么牌子的烟了，比父亲平日里抽的要好很多。收到烟的时候，父亲很高兴，像收到了宝贝似的。

后来听母亲说，父亲舍不得抽这样的好烟，等我回省城之后，他就拿到村里小店里换成很多便宜的烟，拎回来的时候，很是满足，很是自豪，又高兴了很多天。我想，父亲在小店里换烟时，可能就向人家炫耀了一番。

回想起来，刚工作那几年，我没有多少收入，一年到头也余不上几个钱，回家过年时，也没有给父亲和母亲买些什么。

有一次，我听父亲说他得了痔疮。那阵子，我正好在电视上看到一种贴肚脐治痔疮的贴片广告，便暗暗地记在心里。等到年底回家过年时，我就从药店里买了一盒带回去了。母亲后来跟我说过，父亲很高兴，贴的时候很得意。

　　我工作第六个年头的时候，那年春天的一个夜晚，父亲因为突发脑出血匆匆地走了，把母亲吓得不轻。父亲临走前，什么话也说不出来，任由母亲哭喊。

　　父亲走的时候，我还在异乡的睡梦里，第二天凌晨才在电话里得知。小妹也远在北京。接到电话的那一刻，我完全蒙了。那一年，我虚岁三十岁。回来看到父亲的时候，父亲平躺在那里，面容安详，像睡着了一样。

　　很多年过去了，很多事情都不记得了，但我不曾忘记父亲身上的烟味，那是一种浓郁、温暖的味道。那味道，太复杂了。

　　这些年里，每次清明节前和母亲一起给父亲上坟时，母亲总是蹲在那里，一边用树枝拨弄着那堆正在燃烧的纸钱，一边提醒我给父亲烧上两支烟，并低声地对我说："老头子在世时不喝酒，就喜欢抽烟。"我总是无言以对。

　　现在的生活好了很多，什么样的烟我也能买得起，但父亲再也抽不上我买的烟了。过年时，我常常给舅舅和姨父们买条烟。和父亲一样，抽烟是那一辈人共同的爱好。

2020 年 11 月 11 日

记忆中的那头牛

　　但凡在农村里长大的人，对牛大多是不会陌生的。我对牛不仅有记忆，而且有感情。

　　那时的乡村，为了分摊成本，一般都是采取村民共同养牛的方式，村子里相邻的、处得来的三四户人家会商议好，大家共同出钱看养一头牛，以周为单位轮流看养，农忙时共同使用。

　　我家也是和另外两户人家一起，共同看养了一头牛。在我的记忆中，和儿时瘦小的我比起来，那是一头非常高大、健硕的老水牛。

　　轮到我家看养的时候，看护牛的任务就交给我了。早上，父亲会早早地喊我起来，牵着牛到附近的田埂上吃草，好让饥饿一夜的牛补充能量。出门前父亲常常叮嘱我，要让牛多吃一点青草，别毁了人家庄稼。可是附近田间地头的野草很少，大多被勤劳的人们铲回家晒干做成柴火，山头与田埂都近乎光秃秃的，所以我常常要把牛牵到很远的地方去，牛才有草吃。物质贫乏的那个年代，对普通百姓来说，一根稻草都是好的。

我的童年没有太多的课外作业，没有补课，没有兴趣班。每逢周末与各种假日，我常常和很多小伙伴一起，光着膀子和脚丫，无忧无虑地把牛骑到五六里路外的圩区放养。那里，是万亩河滩，是一片绿洲；那里，田成块，渠成网，树成行，路成框；那里，牛可以随意地吃草；那里，我们可以自由地玩耍。

我们常去的圩是梅花村团结大圩。团结大圩筑于二十世纪六十年代，人工填土建成。圩内平畴沃野，草青天蓝，一望无际，家家都分有几亩肥沃的农田；圩外是广阔的水面，水那边的圩区就是邻地桐城了。

我们常常无拘无束地躺在草地上，看闲云飘过，看暴雨欲来，或者结伴在河滩边玩泥玩水，胆大一点的还会跳进河里洗个冷水澡，顺便捞几挂野生的菱角上来吃。

直到傍晚时分，我们才各自从河滩上找到自家的牛，骑着它回家。我们个头很小，不能直接爬上牛背，我们先让牛低下头，爬上牛角之后，再让它抬起头，这样就可以爬上宽大平坦的牛背上了。牛很听话，对人很友好，我们骑牛时从无闪失。放牛的日子是自在快乐的，这是我们孩提时代的一段难忘而美好的时光。

农忙的时候，牛是极其辛苦的。三四户人家，一二十亩田地，一步一步地犁好，耙好，平整好。

犁田是很有技术含量的活，不谙农事的人，不仅效率低下，而且往往还会把牛折腾得要死。父亲是种田的高手，他会研究从哪下犁，到哪收尾，做到胸有成竹，从来不走回头路，不多浪费牛半分力气。犁田时，父亲常常点上一支烟。牛是识人的，牛和父亲彼此配合得很好。

炎热的夏日里，我常常跑到田头，给父亲送点茶水，也常常给老牛送去几根用稻草包成的莴笋状油饼饲料棒子。每次看着晒得黝黑的父亲，看着大口喘气的老牛，我都能明显感受到他们的疲乏与辛苦，默默地记在幼小的心灵里。

牛在吃饲料的时候，父亲就在烈日下，用破草帽当扇子，喝几口茶水，猛烈地抽烟。父亲不喝酒，但特别好烟，身上的烟味特别重。他常常对我说："抽上一根烟，感觉犁田时牛都跑得快一点。"

中午，父亲会让我将牛牵到村口的水塘里泡一会，降降温。父亲常说："牛比人还可怜，还辛苦！它没得选择，我们不能把它累死了，也不能把它热死了。"

我看到巨大的牛虻总是喜欢叮在牛身上吸血，老牛只能无奈地甩着尾巴和头不停地驱赶。一群牛虻像狗皮膏药一样，围着牛身上那些带血的伤口转圈，红猩猩的，看着直让人心疼。

后来我到城里上学工作了，就再也没有放过牛了，家里那头熟识得像朋友一般的老牛，我就再也没有见到过了。我不知道后来它是怎样的结局，不知道是累死了还是老死了，甚或被人吃了。我没想要问它的下落，也不想再去问了。

牛一辈子吃的是草，干的是苦力活，它不仅埋头苦干，而且忠诚务实。父亲也是，一辈子生活俭朴，为儿女任劳任怨，却没有来得及享一天福，当我们可以回报他的时候，他却悄然离去了。

现在，村子里已经很少有人看养牛了，少数还在耕田的农户也用上机器了。但我还时常想起那片土地，想起那头老牛，想起像牛一样憨厚朴实的父亲。他们曾经陪伴着我，给了我生命、安居和无尽的欢乐，滋养了我年幼无知的心灵。我这平凡的一生，愿意活成牛的样子，愿意活成父亲的样子。

那天，我回老家，站在村口时，猛然觉得，没有了他们，村子里的良田荒芜了不少，我的心田也空荡了很多。

2019 年 8 月 17 日

赶集　汪晓彬画

那一通通墓碑

　　清明将至，这几日天气晴朗，我和兄弟姐妹们约好时间，一起从外地赶回老家束家园做清明。这是每年清明前夕，我们都要一起做的一件重要的事情。

　　在束家园的周围，有数十座看得见的、大大小小的坟墓，有的上头有碑，有的上头没有。我的父亲、叔叔伯伯、爷爷奶奶、外公外婆、祖父祖母，还有更久远的先祖，都埋在这里。

　　我和兄弟姐妹以及孩子们一行十几人，从先祖开始，一处一处地给他们上坟。我们按照家乡的习俗，插上"标子"，摆好祭品，倒上烈酒，烧纸焚香，放炮磕头，回忆着我们记得的点滴往事。

　　我们所做的这一切，埋在地下的人已全然不知，他们再也无法和我们说一句话了。唯一能和我们交流的，是坟头上的那一通通墓碑。墓碑上面清晰地写着时间，写着我们彼此的名字，写着我们之间的关系。

　　很多年前，我将一个学生作文中用来描述他爷爷的"一块墓碑"的"块"字改成了"通"字。后来，这个学生跑到我的办公室问我："老师，墓碑不就是论'块'吗？为什么要将'块'字改成'通'字呢？"

　　我看他很认真的样子，便耐心地跟他解释说："形容墓碑，用'块'字、'座'字、'通'字都是可以的，但它们的含义不同：'块'字语义单薄，表述的只是碑的外在形状，用来描述块状或某些片状的东西，没有其他的意义，也不带任何的感情色彩，比如一块香皂，一块菜地；'座'字一般多用来形容比较高大的或者固定的物体，如一座高楼，一座大山，如果碑很高大，当然也可以用'座'字，如一座气势雄伟的人民英雄纪念碑，这里用'座'字，就显得肃穆而庄重。"

　　学生听得很认真，问我："那什么时候用'通'字呢?"我告诉他："我们平时见到的我们祖先、亲人的墓碑都不是很高大，用'座'字不太合适，用'块'字没有情感，用'通'字就很准确，很传神。'通'字作为一个量词，一般用于书文电报，比如一通电报，一通文书，因为书文电报主要起着传达、通知、联系、连接的作用。而碑文呢，恰恰就属于书文类，所以说'一通碑文''一通碑记''一通墓碑'就最合适了。"学生点着头，似乎听懂了我的解释，很信服地走了。我希望他是真的懂了。

　　我和兄弟姐妹一起上了十三座坟，在坟头上插上长长的"标子"时，我们再一次认真地默读着上面的那一通通碑文。

　　此刻，我们在外面，他们在里面，阴阳相隔，彼此何以相通呢？或许就靠这一通通墓碑和碑上的寥寥文字了。

　　小时候，我依稀听父亲说过，在他不到十岁的时候，爷爷和奶奶就去世了，他与更年幼的、我的小叔一起，和大伯共同生活，日子过得很清贫。我自然没有见过我的爷爷和奶奶，小时候，我在外公、外婆家长大。

　　后来的一些年里，他们都走了。茫茫天地间，一碑通阴阳。一通通墓碑，跨越了时空，连接着他们和我们，无声地诉说着那些让人想起来还有些心痛的岁月。

　　如今，孩子们在城里生活，日子很好，不曾受苦受难，更不曾经历过生离死别，对"清明"还没有太多的感受，在大人们的要求下给先人们磕几个头，也是流于形式了。

　　当多年没有回来过的堂姐在二叔的坟头泣不成声时，

孩子们或许无法理解，而我们，在时间的洗礼中，真的是长大成人了。

中午吃饭的时候，我对兄弟姐妹们感慨地说："孩子们以后可能不会和我们一样常回束家园了，但我们这一代人绝不能忘记这里，清明与冬至时，我们都要尽量抽空回来看看。"

这里是父辈们的根，也是我们的根，我们在这里出生，长大，从这里走远。无论哪一天，无论我们走得多远，营养都来自这根部，所以我们不能忘记他们，不能丢下他们。

2021 年 3 月 28 日

一件幼时往事

我常常想起很小的时候和小母舅之间的一件事情。那年我五六岁，刚刚记事的年龄。

那时，父亲和母亲忙于农活，我常常在外婆家待着，晚上也常常不回家，和小母舅睡一张床。那天，中秋节刚过不久，小母舅说带我去玩，我当然很乐意。

儿时的玩耍，无非就是在村头村尾或者田间地头东溜溜，西逛逛。小母舅牵着我，走到村口的菜地处，我们席地而坐。菜地边有一片小山坡，山坡旁有几丛有点枯萎发黄的光茅。

"光茅"，是我们枞阳老家的俗话，就是茅草一类的植物，成熟之后约有一人高，叶片边缘像锯齿一样锋利，轻易就能将手指割破。

在物质极度贫乏的那个时候，光茅是家家不可多得的柴火，勤劳的人们将那些不能开垦成地、只有片甲大的零星小荒坡，都种上了光茅。每年春天，它们就会从貌似枯死的根部长出头来，野蛮生长，不断长高，长大，长粗，一丛丛、一簇簇的。

待到深秋成熟枯萎的时候，人们就会从根部砍断它们，晒干后用稻草扎成一个个小捆，在屋檐底下码好，到冬天里大雪纷飞的时候，躲在家里，还能有一些上等的柴火用。

我们悠闲地坐在地上聊天，小母舅爱抽烟，他一边抽烟一边给我讲故事。他问我什么东西跑得最快，我说飞机。那时，汽车、火车我都没见识过，只见过飞机，一年能从天空中看到几次。每次发现有飞机从头顶上空掠过的时候，我们都惊奇地喊叫着，仰望很久，直到它们完全没了踪影。

小母舅说不对，他告诉我世界上跑得最快的东西是人的思想。在那么小的年纪里，他的话我似懂非懂，但我依然记在了心里，直到今天还记得清清楚楚。

等小母舅将一根烟抽完，我们从地上爬起来，小母舅随手将烟头丢了，牵着我继续往前溜达。当我们还没走多远的时候，突然发现山坡旁那片光茅着火了。火势很大，不一会儿，几丛光茅就烧光了，只剩下焦黑的一片，根本无法抢救。

　　小母舅很清楚，火是他的烟头引起的，我心里也知道。小母舅很是后悔，但无可奈何，我也有点害怕。回来的路上，小母舅反复叮嘱我，回去谁问都不要说，我一个劲地点着头。

　　这片光茅是外公本族兄弟家的，我喊"三外公"。那天回来后不久，果然有姑姑在家门口逮到我问有没有看见谁把光茅烧掉了。因为她看到过我和小母舅往山坡那个方向去玩，所以也有点怀疑，或者想找点线索。

　　我很镇静地说我不知道，没看到人。姑姑不甘心，从口袋里掏出半块小月饼在我面前晃，面带神仙般的微笑，盯着我的眼睛说："你说出来月饼就给你吃。"我咽了下口水，依然坚决地摇着头说不知道。姑姑也许相信了我，伸手将月饼往我手里塞，我没接，姑姑说："接着，你不知道也给你吃，拿去吧。"我往后退，死活不接，仿佛感觉月饼烫手一般。

　　最终，我没有接过那半块月饼。也许当时我幼小的内心里，逻辑很清楚：这块月饼不能吃，吃了就得说。

　　对当年那个小小年纪的我来说，那半块月饼，该有多大的诱惑，简直好比今天的万贯金银。我也不知道，我当时稚嫩的眼神有没有"出卖"了自己。要知道，一年一度的中秋节也难以吃上一块馋人的月饼啊。但我内心更清楚：我答应小母舅了，我就不能说。

这个事情，后来谁也不知道，我对父亲和母亲都没有说。三四十年过去了，直到今天，它还是我和小母舅之间的秘密，我从未向谁提起。

记得小时候，小母舅经常取笑我。有一次说我在夏天的一个深夜，睡梦里猛地坐了起来，用手做扇子，像模像样地扇风。他还故意逗我对话，他问我干什么，我说着梦话："好热，扇扇子。"

小母舅受外公的影响，会编竹器，一根刚砍回来的竹子到他手上，他能很麻利地削去竹枝，破竹，劈篾，然后快速地编出一个漂亮的箩筐来。我还记得他带我在人家的竹园里偷砍过一回竹子，就一根，而且是唯一的一次。

那天，外婆说家里的箩筐坏了。自家竹园里几根零星的竹子太细了，深更半夜的时候，小母舅什么也没有说，喊我起来，带着我出门了。那一晚，我吓得不轻。

小母舅比我大十多岁，没有读过书，但特别聪明能干，可惜在很年轻的时候，不幸出车祸去世了。小母舅去世的那一年，我读小学，依然不懂世事。处理小母舅后事的那几天，我是沉默的，不敢多打听一句，我只看到外婆呼天抢地，悲痛欲绝。听亲戚们说，小母舅是晚上从圩里拉稻把回来，坐在人家的红头拖拉机上，从圩埂上翻车了，车子翻滚了下来出事的。

小母舅下葬那天，午饭后我一个人默默地去学校上学，走到半路，我看到一条小蛇横在田埂上，我吓得不敢出声，身上起了很多鸡皮疙瘩，等着它溜走才憋着一口气冲过去。平时可是极少在路上遇到蛇的，我当时脑子里闪过一个奇怪的念头：这条小蛇是不是小母舅变幻出来的，有意让我看到的。

我对小母舅的记忆大抵也只有这些了。他早早地离开了人世，模样我都记不清了。刚刚记事时候留下的这件小事，却始终没有从我的记忆中消失。这些年来，在我的成长过程中，它也仿佛一直在提醒着我：一诺，重于千金。

2019 年 9 月 2 日

拜　新　灵

　　正月初二，在很多地方都有"走娘家"的习俗。这一天，出嫁的女儿和丈夫、孩子一起，带着丰厚的礼物，开开心心地回娘家去，看望父母，给老人拜年。

　　在我老家枞阳以及桐城、安庆部分地区，这一天，是绝对不能去给人拜年的，否则，这个正月是没法过下去了，这一点也不夸张。

　　这里有一个流传很久的习俗，谚语是这么说的："初一不出门，初二拜新灵，初三拜母舅，初四拜丈人。"初一、初二是不拜年的，初三开始才欢欢喜喜地忙着走亲戚，拜大年。

　　所谓"初一不出门"，是说正月初一这天不拜年，用于大家在村庄里走村串户，相互问好。在丰盛的新年早餐之后，大人和小孩们成群结队，一拨一拨的，相互串门，每家坐个几分钟，喝点茶水，吃点瓜子点心，叙叙家长里短，或回忆陈年往事，或展望美好未来，人们由此开始了新的一年美好的生活。

这样一圈绕下来，一上午就过去了。按家乡的习俗，下午是不可以拜年的，只能打牌、闲聊消遣了。

"初二拜新灵"，是说正月初二这天，我们这里有一个极其重要的习俗，叫"拜新灵"。这一天，人们把时间空出来，专门到刚刚过去的一年里村庄上或者亲戚中有逝去的人家里去祭拜逝者，慰问家人，我们一直通俗地称为"拜新灵"。

这一天早晨或者头一天晚上，家里大人会叮嘱自家的小孩，不要随意到邻居家乱串，也不要去距离很近的亲戚家玩，更不能说"给你拜年了"之类的话，否则会被人唾骂的。

很多年前，家门口有一个还不懂事的小毛孩，大年初二一早起来就溜到不远处的奶奶家里，说给奶奶拜年，气得奶奶抄起扫把追着打。后来回忆此事，他奶奶还阴沉着脸说，那一整年她都是提心吊胆地过来的。

朋友也曾和我说过一段故事。她家住在桐城东乡，临近我的家乡枞阳县麒麟镇，风俗也和我们这里一样，而她的丈夫家住在桐城西乡，风俗大为不同，那里认为大年初二是个好日子，不仅可以拜年，而且这一天新姑爷一定要去丈人家拜年，还有很多人选择这一天结婚。

大年三十那天，她和丈夫一起回娘家看望父母，原计划晚上陪父母一起过年，父母考虑到他们结婚后第一个大年，还是通情达理地让他们回自己的家陪男方父母过年。她丈夫长期不在老家，岳父和岳母主动提出来让他回去陪自家父母过年，他当然开心，抑制不住兴奋地说："那我正月初二就过来给爷爷、奶奶和您二老拜年啊！"

丈夫的一句话让家里顿时炸了窝，场面尴尬到难以想象，后来解释了半天才算圆了场，但几个老人心里的疙瘩许久未消，思想守旧的爷爷和奶奶更是始终脸色难看，甚至临走的时候奶奶还愠愠地说，"伢，我可告诉你啊，你年初二别往我家跑，到时别怪我打断你的腿，不让你进门啊！"

正月初二一早起来，大家心照不宣，陆陆续续地带上纸钱、鞭炮，亲戚之间还要一并带上拜年的礼物，用一颗严肃、恭敬的心去拜新灵。

到了之后，大家怀着沉重的心情，给逝者放挂鞭炮，烧点纸钱，磕三个头，和一个逝去不久的生命做最后的慰问与告别。即使彼此之间曾经有些疙瘩，不相往来，这一天也会放下来，不去计较。那一刻，大家都少言寡语，虽是大过年的，却没有人嘻嘻哈哈，在言行上都小心翼翼的。逝者安息，生者保重，此时无言胜过一切。

又一个和我们相伴很久的生命在这一年里消逝了，永远地消逝了，田间村头再也见不到他了，亲戚里的宴会上再也不会出现他的身影了。他们在的时候，我们倒没觉得有多珍惜，但真的走了，又让人觉得万分遗憾。

今年的这个正月初二，我去了村庄里三户人家，曾经看着我长大的三个长辈在过去的一年里相继离去了。抬头看着他们的遗像，感觉他们还活着，可他们老了，累了，走了。

日子本无意义，是我们赋予它各种内涵的。很多年来，家乡习俗里就一直留有这一天。这一天，是乡村人以最纯朴的方式，表达对一个逝去的生命最大的尊重，让生命的尊严永远地定格下来。

我曾问过村子里的老人们，这一习俗从什么时候开始的，他们都说不知道，只说是一辈辈传下来的。

这样也好，不管缘起于什么，就让这一习俗继续留下去吧。我想，热闹之中有这样一天冷清的日子，这既是对逝者的尊重与不舍，也是对生者的提醒与劝诫，要珍惜生命，珍惜光阴，珍惜眼前一切现有的美好。

2020 年 1 月 26 日

我的春节和清明

我离开家乡已有 20 多年了，常常想回老家看看，尤其是春节和清明的时候。在我心里，春节与清明有着特殊的分量。

每年春节，我必定回到那个叫"枞阳"的小城，那个叫"麒麟"的小镇，那个叫"梅花"的小村庄。一回到这里，就让人感到特别踏实，特别温暖。这里有我的母亲，我的亲人，还有养育我的一大片土地。

春节这几天时间，我只有两项任务。一是陪我的母亲过年，看望我的宗族乡邻、亲戚朋友。我和他们有着叙不尽的家常和故事。

父亲离开我们的这些年里，我常常和母亲两个人过大年。年夜饭是极其简单的两个菜，一荤一素，母亲添柴我掌勺。我基本吃素有几年了，母亲也喜欢素食，所以年夜饭就省去了大鱼大肉，免去了煎炸炖烤，没有了繁文缛节，也用不着忙里忙外了。我和母亲面对面坐下来，一边吃着，一边劝对方多吃点，清盘行动，也不讲究年年有余了。十多分钟的年饭，很是素净，却也温馨。

不知从什么时候起，在我的家乡，老祖宗就留下了一个很好的风俗。大年初一，大家都起得很早，吃过早饭后，就开始在村子宗族家里挨家挨户串门拜年，大人小孩，无一例外。不用带礼品，问候声、笑声，足矣。每家待十来分钟，坐下来，喝口茶，吃几颗瓜子，叙叙话。这一天，世界安静得很，让人忘记了常年的忙碌。

在我们家乡这一片，初二这一天，一般是不可以去亲戚家拜年的，谁傻乎乎地跑去拜年，不仅会挨骂，还要被拍砖的。这一天，专门留出来，去纪念刚刚过去的一年里离开我们的逝者，慰问其家属。据我所知，很多地方并没有这样的风俗，但我并不认为这是迷信和陋习，恰恰相反，我很认同家乡这个风俗。人生无常，亲人比我们先走了一步，留这一天，不热闹，不折腾，回忆逝者，安慰生者，最好的人情莫过于此。

初三起，大人小孩就热热闹闹地去外公外婆和七大姑八大姨家拜年了。每家停留时间不多，最多也只有个半天，显得特别珍贵。

　　春节期间，我的第二项任务就是走进家乡的田野。春节前后，临近初春，太阳出来了，气温已经有十多度了，处处都是生机。这里是我小时候干活的地方，弯弯曲曲的田埂上，滚落了先辈和我无数的汗水，如今走在上面，怎么也走不厌，还嫌它不够长。

　　家乡的团结圩，平畴沃野，草青天蓝。每年春节，我都要步行七八公里，到那里转一转的。小时候喂饱我肚子的，大部分就是在那里生长出来的稻谷。

　　如今，我离开家乡，常年在外面奔波，但对那块土地，我还是爱得深沉。家乡的一草一木，都是心头难忘的记忆，都是割舍不断的情结。还记得当年我深知务农之苦，发愤读书，要走进城市，如今如愿以偿了，我却常常又念及故土。因为那里有一片我非常熟悉的土地，因为我的母亲还生活在那里。

　　春节之后，就快到清明了，清明是个不一般的节气，我对这个节气更是情笃三分。每年清明前夕，我也是必定回家乡的，我的父亲和我的先辈们都埋在这里。

　　父亲当年突然离开了我们，突然得让人难以相信，我们就当他出了远门，彼此没时间见面而已。十多年没见面了，不长，好像分别就在昨天，可以忍耐；不短，人生没几个十年。父亲安息了，把思念之情独独留给了我们。

　　跪在父亲的坟前，地上地下，相距不过一米，却阴阳相隔。父亲的音容笑貌，就在眼前，抓不着，却分明看得见。

我常常想起东坡居士的《东栏梨花》：

梨花淡白柳深青，柳絮飞时花满城。

惆怅东栏一株雪，人生看得几清明。

我特别喜欢这首诗。像雪一般的梨花，透着淡淡的白色，飘飘扬扬的柳絮夹带着雪白的梨花，满城飞舞。短短人生，能看得几个这样的清明时节呢？

春光易逝，人生短促啊。比人生短促更可怕的是，以浊为欢、以繁为乐的我们，如今很难体验到生命清明的快乐，常常在乌烟散去、繁华落尽的时候，只剩下一颗污秽了的心，无法将这纷杂的世俗人生，看得透彻与清明。

2017 年 4 月 3 日

又是一年七月半

　　我出生在农家，从小就对农历的节气和节日有着一种特别的感觉和记忆，"七月半"即是其中之一。

　　每年这一天的傍晚，天刚刚黑下来的时候，父亲就很用心地备好三碗菜、三碗饭、三杯酒、三双筷子，把提前很多天就买回来的裱纸、冥币和鞭炮拿出来，带着母亲、我和小妹一起到门口的小山坡边，烧纸，放炮，磕头，祭拜。这当中，父亲很少说话，看起来心情极其沉重。

　　很小的时候，我并不知道这是为什么，也不敢多问，只是跟着父亲做了。只记得这一天傍晚，村子里家家门口都在烧纸放炮；只记得这一天晚上，一定有一顿丰盛的晚餐；其他的就不知道了，好像这一天就该这样。

　　小时候家里穷，没有什么好吃的，只有来了客人，才有可能花钱跑几里路外的小店买一点荤菜回来。而这一天，却毫无例外有一条半尺来长的鱼、一块两三寸见方的肥肉和一只一斤左右的小公鸡。鱼和肉是父亲清晨专门从十里路外的镇上买来的，而那只小公鸡，是当年春暖花开时，父亲从镇上捉来的十几只鸡苗中，喂养得最大最壮的那只。到七月半的时候，最大的那只也不过斤把左右。

　　喂养鸡苗是为了鸡长大了，可以下蛋卖钱，但是鸡苗捉来的时候，是不知道公母的，只有等到长大一些才知道。所以，如果后来发现谁家的鸡苗中母鸡比例大，那是很值得自豪的一件事，会被人们反复提起和称赞。而公鸡，则等到再稍微长大些，就陆续被用来招待客人，不会喂养太长时间，这会费掉太多粮食，得不偿失。

　　那天的晚餐，虽然没有客人，却非常丰富，祭拜完之后的"三荤"被父亲烧成美食了。尤其是那只小公鸡，几乎是家家过完年之后大半年来第一顿鸡肉。

　　吃饭的时候父亲总是说："人死了以后，到了阴间，也和我们一样，也有他们的生活起居。七月半这一天，逝去的祖先都会出来，向我们要点吃的和穿的。"

　　后来长大了，我虽然半信半疑，但觉得这一天追思一下先人总是一件好事。每次看着父亲如此严肃、认真地举行祭拜仪式，我们也自然老老实实地跟着做。

再后来，我和小妹都离开了老家，离开了父亲和母亲，在城市里生活。每年的七月半，只有父亲和母亲祭拜了，但我准能记起这一天，总会打个电话回去。

再后来，父亲也离开了我们。这些年的七月半，母亲在老家祭拜，我则在城市马路边的一个角落祭拜。

我没有摆"三牲"，没有摆酒，这在城市的角落并不合适。我只买了一捆纸、几包纸钱、一把香，选择在夜深人静的时候，在城市的一隅，在阑珊灯火之下，将它们堆在一起，点上火，然后就呆呆地看着它们，静静地燃烧。初秋的深夜，已有几分凉意，而心头的冷才是真正的冷，那一个个寒战，分明是几分孤单啊。

父亲走的那一年，才刚刚 60 岁，我 30 岁。

我从来不知道每年烧去的一捆纸对父亲有什么意义。佛家认为，人走了，不一定在六道轮回，也有可能在极乐世界。我不知道父亲现在在哪里，但我相信，善良、慈爱、勤劳、本分的父亲，一定不在世间最恶的那个地方，也不会在受苦受难，更不会缺少什么。

这一堆明晃晃的火焰，又将我这颗心照得透亮透亮的，让我能看到父亲。这一堆明晃晃的火焰，是我和父亲之间的沟通和链接，是永远的父子情深。

那一刻，父亲一定会出现，陪在我的身边，静静地看着我，不会走远。

2017 年 9 月 5 日

辑六 明年春水共还乡

这些年，我在城里，母亲在乡下，一切时令的瓜果与蔬菜，我都能按时尝到鲜。母亲总是找各种理由不愿意来城里住，但母亲在乡下辛勤耕耘得来的果实，却堆满了我城里的厨房，填满了我漂泊的心房。

明年春水共还乡　汪晓彬画

压　岁　钱

　　吃过简约的年夜饭，简单收拾好之后，母亲便开始煮制茶叶蛋了，这是自我记事以来多年未变的除夕夜一定会做的一件事情。

　　在枞阳老家，茶叶蛋不叫"茶叶蛋"，这似乎太文雅了，纯朴的农家人一直叫"炆蛋"，上了年纪的人也形象地称呼它为"元宝"。大年初一的早上，大人小孩，吃的必定是鸡汤或者鸭汤挂面，再加上一两个炆蛋，胃口好的人，会吃上三五个，甚至七八个。

　　制作炆蛋很简单，将几十个近期收集的农家土鸡蛋煮熟，用冷水浸泡一下，剥去蛋壳，再将鸡蛋放进锅里，加水淹没鸡蛋，添一小把茶叶和少许食盐，再放上几颗八角，大火烧开后，用木柴的余火焖上个把小时，色泽诱人、清香可口的炆蛋就做好了。烹制的过程越是简单，好食材地道本真的滋味就越能呈现出来。

在余火焖制的时候，我和母亲坐在暖和的灶台洞口处闲聊，聊过去的岁月，聊过去的人事，聊过去的年是怎样过的。这期间，我将一个早已准备好的红包塞进母亲的口袋里，说是"压岁钱"。母亲颇为高兴地说："不用的，我还有钱花，前几天将今年的农田补贴和养老保险取回来了，一共有三四千呢。"我说："那不一样，压岁钱可以压岁啊。"

在老家，给孩子们发压岁钱是过年中最重要的习俗之一。吃完年夜饭后，长辈们会把事先准备好的压岁钱逐一发给晚辈们，据说这样便可以压住邪祟。"祟"是古时候的一种小妖，传说一到大年夜里就会出来害人，孩子们最容易受到惊吓，用红纸包几枚铜钱放在孩子身上或者枕头边，就可以镇住邪气。后来，因"祟"与"岁"谐音，慢慢地就演变为给孩子们"压岁钱"的传统习俗了。孩子们得到了压岁钱，就可以压祟驱邪，平平安安地度过一岁。

也许世间根本没有那个喜欢在除夕夜里跑出来害人的小妖怪，但流传下来的给压岁钱的习俗，却彰显着长辈对孩子们深深的关爱与殷切的祝福。辟邪驱鬼，保佑平安，这习俗文化中蕴含的情感寓意，有着无穷的魅力与价值。

还记得小时候，每年的除夕，吃过晚饭，母亲都少不了给我们压岁钱，从一毛两毛，到一块两块，从五块十块，到几十上百块，就这样，我们便慢慢地、平平安安地长大成人了。长大之后，我再也不怕那个出来害人的"祟"了。

二十世纪八十年代，农家里的几块钱也是极其难得的。所以，母亲每年大年夜里很爽快地给我们的压岁钱，真的只是让我们高高兴兴地放在口袋里压上一个晚上，第二天一大早就收了回去，一分也不留，说是替我们好好保管着，以免我们出门疯玩的时候弄丢了。

口袋里再一次装着一大笔看似属于自己的钱，那是一年后的又一个除夕了，因为这一夜，那个叫"祟"的小妖怪们又要跑出来害人了。长辈们像是很害怕它们，孩子们没头没脑的，一点也不怕。

时光过得很快，就这样，一年接着一年。我离开故乡的这些岁月里，日子越过越新，母亲却在故乡里渐渐地老了。

这些年来，无论外面的世界多么精彩，我总会选择回老家过大年。年夜饭之后，我也总会给母亲发压岁钱，一来按照家乡的习俗，辟邪驱鬼，保佑平安；二来我也想压住岁月，不让母亲这般苍老下去。

我选择相信有那个喜欢在大年夜出来兴风作浪的"祟"，但只要给了压岁钱，母亲就可以平平安安、健健康康地度过一岁；同时，我也想当然地赋予它新的寓意，我选择相信这个仪式般的习俗真的能压住岁月，让母亲苍老的进程来得缓慢一些。

　　所以当母亲推辞不要的时候，我便强调说这钱不一样，可以压岁的。母亲也没多说什么，我们又闲聊了很多过去的人和事，有些景象，仿佛还在眼前。

　　我们看了春晚，放了开门炮，母亲就装着压岁钱上楼休息去了。

　　过完短暂的春节假期，我便装满了母亲为我准备的农家土特产回到省城。当我给母亲打电话报平安的时候，母亲在电话里说："你给的压岁钱，我放在你的挎包里了，你记得回头收一下啊。"

　　我颇为吃惊，责怪母亲："你怎么偷偷放到我包里呢，身上有点余钱，你想买点啥就可以买点啥啊。"母亲说："有的，有的，再说，家里有肉有菜，也没什么要买的。农村不像你们城里，你们城里要花钱的地方很多，一根白菜都要花钱买。"

　　我继续说母亲："家里放一点钱，要用的时候也方便些啊。"母亲仍然搪塞我说："暂时还有的，要的时候我再跟你说，钱放在家里，出门还不放心呢。"

　　我无法再多说些什么，那一刻，语言是多么的苍白。我匆匆挂了电话，一时怅然若失。

　　　　　　　　　　　　　　　　　　2022 年 2 月 9 日

村庄里的宝贝

昔日好友到老家来玩，还给母亲带了礼物。母亲避开人群时，悄悄地跟我说："人家都这么客气，还带东西来了，我们这农村里也没什么好东西，还点什么给人家好呢?"

礼尚往来是农家人最纯真、最朴素的情感和心思，多少年来都是如此。我对母亲说："他们什么都不缺，给你带东西是份心意，你不用费心考虑了。他们都说了，中午多吃点你种的当季新鲜蔬菜就好了。"

母亲说："菜地里的蔬菜多的是，谁稀罕呢? 要么一人捉只小鸡带走，再搞点土鸡蛋带着。中午吃饭我也弄了一只小鸡，也煮了茶叶蛋。"我说："中午有这些就可以了，吃过饭我们还要到别的地方去，大热天小鸡和鸡蛋不好带，就不带了，下次再回来吃吧。"母亲说："这个不要的话，就真没有什么东西可带了。"

简单的农家午饭，大家吃得都很香。朋友们临走的时候，从堆在墙角边的一堆南瓜中，各自挑选了一个老南瓜。母亲笑了，客气地寒暄着："让你们花钱了，没有什么东西给你们，这老南瓜有什么要头的？喜欢就随便拿。"

在母亲眼里，这住了一辈子的乡村里实在没有什么让人稀罕的东西，来了客人，感觉没有什么好招待的，自然还有点忐忑不安。但在我看来，这里就是一座宝藏，藏着无数的宝贝：空气是新鲜甘甜的，树木是郁郁葱葱的，蔬菜是鲜嫩可口的，乡亲们是勤劳纯朴的……

正因如此，每次回老家，我都想留下来住一夜。在这里睡觉，用不着定闹钟，报晓的公鸡早早就打鸣了。阳光从裸露的窗户钻进屋子里来，透亮透亮的，看不见一丝杂质。天亮了，一觉睡足了，自然便想从床上爬起来。

清晨，外面的空气是新鲜的，村庄是安静的。走在杂乱无章的树林与荒草当中，我能感觉到生命在自由地生长。刚从笼子里放出来的小鸡，也和我一样出来溜达，成群欢快地从我的脚边跑过，然后悠闲地在大树底下的草垛旁低头觅食。不知名的鸟儿在枝头欢快地交流着，一唱一和的。

母亲也提着个篮子出来了，走进门前的菜园地里弯腰摘菜。茄子、辣椒、黄瓜、苋菜、苦麻、空心菜、西红柿，长得都很好。母亲随意地摘了一点，够这顿吃的就行了，其余的留在地里，继续生长。母亲将菜放到门口的水池里，又将厨房灶台里的青灰拎出来，均匀地撒在菜苗的空隙里，用心地呵护着它们。

我漫步到门前的一处小土坡旁，看到一片南瓜藤下，几个硕大的南瓜若隐若现地躺在那里，静静的，好似还没睡醒一般。我悄悄地走近它们，轻轻地拨开瓜叶，只见有的像圆饼，有的像打坐的蒲团，有的像葫芦，有的像襁褓中的孩子，都是那么可爱。

母亲也走了过来，说："塘下边的那几块地里也还有，你走的时候记得带几个。"我说："好啊，这些都是宝贝呢。"母亲笑了："还宝贝？能值几个钱？送给人家都没人要。"

在我看来，尘世间，一切能标价的东西都称不上宝贝，村庄里的这些东西都是无价的。这空气，这阳光，这绿意，这时蔬，这南瓜，这欢快自由的场景，这静谧和谐的画面，这自在安定的人心，多少钱能够买得来？母亲在我面前流露出来的那发自内心的喜悦，又是多少钱能够买得来啊？

这片生生不息的土地，随意地撂下几粒种子，就能结出瓜，结出豆，结出油菜籽，养育着我的祖父、我的父亲，还有我与我的孩子。一代又一代人在这里繁衍生息，这每一寸泥土，都是无价的宝贝。

我与母亲说话间，邻居阿姨抱着一个大西瓜走了过来，说是儿子承包地里种的，看我回来了，带一个让我们尝尝，看今年的瓜甜不甜。

这西瓜一定是甜的，即便不甜也不重要，我感动于这份浓浓的乡里乡亲的情分。多少年来，乡亲们聚居在这一片土地上，如同亲戚一般，相互照应着，共同生活着。常年定居在束家园里的人越来越少了，但彼此珍惜着，这让我感到十分欣慰。

我是在这个村庄的怀抱里慢慢长大的，长大之后便离开了它，但我时常会想起他们，想起这里的一切，也想起孩童时期在路边、在田野、在山坡、在河旁看过、挖过、玩过的那些野花野草：龙葵、蓖麻、苍耳、白茅、蛇莓、牛筋草、灯笼果、鸭跖草、地肤草、猪殃殃、蒲公英、一年蓬、狗尾巴草……

那时天天看见它们，与它们为伴，却几乎不知道它们美丽而可爱的名字。我认识田沟、麦地里的那个猪殃殃，时不时地弄些回来喂猪，我还认识山头上的那个牛筋草，要费好大的劲才能拔出来，有时候根没拔出，茎却断了，弄得我一屁股摔在地上，四脚朝天，笑死个人。那些年月，我和小妹常常早早地起床，趁上学之前，弄一大箩筐牛筋草回来，晒干当柴火。

它们也是村庄里的宝贝，多年以后，我自觉地补上了一课，记住了它们诗意般的名字。

2021 年 8 月 7 日

端午纪事

　　端午小长假，我们一家和小妹一家一起，大人小孩一共六个人，开车从合肥回到枞阳老家束家园，陪母亲过节。一路堵车，再加上几个人晕车，在车上吐了，甚是折腾人，但为了母亲的欢心，这一路折腾，还是十分值得的。

　　出发前，我们买了蛋糕、牛奶、西瓜以及各种点心，小妹还专门买了鲜肉和几袋粽叶。到家之后，我们用家里的糯米，饶有兴致地包了一百多个粽子。对朴素的农家人来说，传统佳节不仅是个团聚的日子，也是个改善生活的时机。

　　这几天，母亲炖了老母鸡，烧了猪蹄，我炒几个素菜，大家顿顿吃得很开心。我对荤食不感兴趣，天天吃着母亲在门前菜园地里种的青椒、瓠子、土豆，很是欢喜。

小时候，家里没什么稀罕的菜吃，夏天里常常用自家酿制的豆瓣酱爆炒青辣椒，这便有了一道绝好的下饭菜，每每辣得人直冒汗，却感觉到有味而过瘾。现在我烧的这青辣椒，还有这般味道，让人百吃不厌。

菜园地有很多大黄瓜，渐渐地熟透了，外表有点发黄，发亮，两三斤一条。母亲摘了很多，堆在墙角。我做好晚饭，指着那堆黄瓜对母亲说："中午吃多了，晚饭我就不吃饭了，我吃根黄瓜就行了。"母亲说："那老黄瓜怎么吃啊，已经老掉了，我准备剁碎喂给鸡吃的。"我说："我特别喜欢吃。"母亲不解。

我捡起一根大黄瓜，清洗了一下，用刨子削去皮，雪白透亮的瓜肉顿时露了出来。我咬了一口，细细地嚼了起来，清甜可口，还有一股淡淡的清香味，好吃极了。我将熟透了的籽吐到地上，几十只小鸡顿时蜂拥而至；稍微嫩一点的籽，便直接吃下去了，别有一番滋味。

家里这个品种的老黄瓜，看起来很老了，但殊不知，再老它的肉都是很嫩的，而且是越老肉越香甜多汁。这一点，仅凭想象和臆断而不去亲自尝试，根本不会知道。

看我吃得津津有味的样子，他们简直难以相信。我让他们也尝尝，他们都说不吃，所以我也纳闷：这么美味的东西，大家怎么就不愿尝尝呢？这真是应了一句家乡的俗语——"萝卜青菜，各有所爱"啊，又应了那句禅语："如人饮水，冷暖自知。"

第二天中午，我又是在他们吃饭的时候削了一根老黄瓜吃，边吃边说："这些老黄瓜，你们不吃的话，明天我用蛇皮袋装着，全部带走。"大家一致调侃着说："你都带走吧，没人稀罕。"我心里很是满足，欢喜极了。

这几天，江淮地区刚刚进入梅雨季节，雨水特别多，时不时地就下一阵雨来。一阵子雨后，太阳又从云层里冒出来了。

我趁着无雨的间隙，到庄子外的田野里走一走，处处水声潺潺，稻田里绿油油的，秧苗有的长有十几厘米高了，有的刚从泥巴的缝隙里露出芽儿来，才一两厘米长，所以农人们及时将稻田里刚刚下的雨水排干，以免泡蔫了苗。

我又颇有兴致地走了十来里路，到圩区看一看。圩外是湖水，圩里是一眼望不到边的稻田，郁郁葱葱，特别养眼。走在田间小路上，脚步再怎么轻巧，也不时地惊起一只只正在田里觅食的白鹭。雨后这里的空气特别清新，俨然成了一座天然的氧吧。

晚饭后，我又独自沿着庄上的水泥小路，走向田野深处，感受蛙声一片、野虫齐鸣的情景。夜里八九点钟的光景，田间很少有人过来，只看见远处有一两点灯光在不停地晃动。我知道，那是庄子上勤快的人在田间捉龙虾、逮黄鳝呢。泥土刚翻动过，秧苗才插上不久，这正是时候。

    端午当天中午，住在我家附近的舅爹爹喊我们去吃饭，盛情难却，母亲和我们都去了。加上表妹一家，正好一大桌。舅奶奶烧了一桌好菜，舅爹爹和妹夫两人平分了一瓶白酒，我不胜酒力，只能用两罐啤酒陪着，这样也喝到了微醺。

    亲人们团聚在一起，吃着，喝着，聊着，欢欢喜喜。我突然有了几分感触，心里暗想："家乡之美，妙不可言。"儿时在家里，没这个感觉。面对繁重的农活，常常生起"农家之苦，苦不堪言"的感受。

    我们在喝酒闲聊的时候，还不自觉地回忆起了以前的苦日子，舅奶奶笑着说："插田的人很辛苦，你们出去得早，就算没吃什么大苦头哟。"过往的苦日子，我也是深有体会的。

    三天假期很快就过去了。吃过午饭，又闲聊一会儿，我们就收拾行囊，装了满满一车厢的蔬菜瓜果，赶往省城。

    这些年，离家久了，就想跑回去待几天，就像跑了一段距离的汽车就要到加油站加点油似的。

    这一个端午，零零碎碎，却圆圆满满。

2021 年 6 月 18 日

母亲的菜园地

离老家屋子两三百米处，有一片狭窄的水域，不知从何时起，束家园人就将这里开辟成一块集中的菜园地，家家都分有一小块。

有水源保障的地方，种菜方便，只要稍微勤快一点，家家一年四季都不愁菜吃了。所以，农家人邀亲戚到家里做客时常说："家里好的没有，萝卜青菜菜园地里不多的是吗？"

小时候，母亲常常在做饭前安排我去菜地里摘几个辣椒回来，或者割一把韭菜，或者拔几个萝卜，我总是乐此不疲，像兔子一样地跑出去，顺便可以出去玩一圈再回来。

　　有一回冬天里，母亲让我和小妹把菜地里的一大块芥菜挖回来，要晒干腌制。我们接到"命令"，觉得表现的机会来了，很是兴奋，立即带上篮筐与扁担，兴冲冲地跑到菜地里。不一会儿工夫，我们就抬着一筐菜回来的，母亲一看，哭笑不得：这哪是芥菜呢？我也记不清我们弄回来的是什么菜了。

　　菜园地是农家的"宝贝"，农家人每天至少都要去一趟，弄点新鲜的够当天吃的菜回来。有时一天里去个三五趟也不奇怪，没事送点草木灰去撒撒，弄点有机肥去浇浇，驮把锄头去除除草。大家常常在这片菜园地里碰面，闲聊，交流信息。

　　母亲年纪大了，父亲去世后，家里的几亩稻田已有一些年头没耕种了，门前一块用来晒稻谷的空地已经派不上用场，母亲便将其中的一半开垦成一块菜园地，约有七八十平方米大。

　　我问母亲："家里菜地里的菜不是够吃的吗？还辛苦搞这菜园子干吗？"母亲说："那是够啊，我一个人能吃多少菜呢？但闲着不也是闲着吗？门口方便，下雨天摘菜也不用出门跑那么远的路了啊。"

　　我说："种这么多菜也吃不掉啊。"母亲说："人吃一点点，其他的给鸡吃呗。"我说："这不累人吗？哪犯得着种菜给鸡吃呢？"母亲说："闲着也是闲着啊。"看来，这是真话，母亲一直是个闲不住的人，从来就不想闲着。

这几年，这块菜园地被母亲打理得很好，一年四季都井井有条。母亲守着季节，一步不差。常见的菜，母亲都种了一点，一样不落。春天里有莴笋、韭菜、乌青菜，夏天里有辣椒、茄子、西红柿，秋天里有毛豆、洋葱、小白菜，冬天里有萝卜、土芹、卷心菜。四季轮回，日月常新，母亲的菜园地里每天都生机盎然。

去年春节回家，母亲无意间向我抱怨说："菜种子刚种下去，就被小鸡掏出来吃了，帆布也拦不住它们。"我记在心里了，那天雪后天晴，我和小妹到竹园里砍了几十根竹子回来，用锯子锯断，一米二一截。我们用了两天时间，给母亲的菜园地做了一个一米高的围栏，很整齐，很牢固。还开了一个门，方便进出。

母亲很是高兴，一边对我说："这是束家园最漂亮的菜园子了。"一边又挑衅似的对着身旁的小鸡说："唉，吃不到了吧。"当路过的邻居夸赞这个围栏时，母亲便自豪地说："儿子搞的，叫他们不要搞，偏要费老大劲搞。"

每次回到老家，我都喜欢站在围栏边，静静地看着菜园地，各种娇翠欲滴的菜，特别赏心悦目。每次我总是忍不住掏出手机来，对着它们拍几张照片，心情甚好。

看着母亲弓着腰摘菜，看着母亲从菜园地里出来裤脚上沾着泥土和露水，看着小狗紧跟在母亲后面直摇尾巴，看着小猫慵懒地坐在地上，我能感受到几分闲适的乡野味道，也闻到了一股浓浓的生活气息。

不一会，就听见灶台下的柴火烧得劈啪作响，炊烟从屋顶上的烟囱口徐徐升起，轻轻地飘荡在菜园地的上空，农家新榨的菜籽油炼熟后特有的香气也飘了过来，沁人心脾。

在我每次从老家返回省城的当天，母亲都早早地从菜园地里弄出一大堆时令的蔬菜来，择好，装好，放到我车子后备厢里。

前几天回去，母亲除了给我摘了一堆辣椒、茄子之外，还硬是给我摘了六个大南瓜，用蛇皮袋装着，足有好几十斤重。老家的红辣椒特别辣，用点菜籽油爆炒一下，特别下饭。

我让母亲留下几个南瓜自己吃，母亲说："这又不是什么好东西，门前屋后多得很，你不要的话，我也是切碎了喂给鸡吃。"我急忙说："别，别，这么好的东西，我还是带走吧。"

确实，束家园家家门前屋后，只要有土的地方，都有一片片的南瓜藤子。随意扒开一丛茂密的南瓜藤叶，就能发现一个硕大的南瓜静静地躺在那里睡觉。想要的话，夏秋时节过去，谁家都能送你几个。

母亲生活简朴，饮食上基本吃素，有时配点鸡蛋。菜园地是母亲的"菜篮子"，也是母亲的精神家园。母亲守着菜园地，打发着一年又一年闲暇的时光；菜园地陪着母亲，让母亲把每一个时令节气都过得好好的。

2020 年 7 月 26 日

城 里 乡 下

　　小妹因为孩子上小学，这个暑假带着孩子从北京回到我所在的城市合肥住了。她的房子离我住的地方很近，只有一千多米的距离，走路只要一二十分钟时间。

　　这些年，母亲不愿意来合肥和我住，一直一个人住在枞阳老家。母亲常说："你们城里太吵了，吵得人半夜都睡不着觉。"

　　母亲不愿意在城里住，除了嫌吵之外，还有晕车、语言不通、生活不习惯等等原因，更重要的一个原因是我常常早出晚归，母亲待在城里找不到人说话，特急，觉得日子难熬，不像住在乡下，东转转西晃晃，一天就过去了。

　　前段时间，我和小妹一起回老家看望母亲，我又旧话重提，请母亲跟我们一起去合肥住段时间，理由是现在小妹回来了，我们两家离得近，走路就可以两家跑，说话的人也多了，这样也就不急了。

母亲笑着说："不去哟，家里这么多小鸡，哪能走掉呢？以后不养鸡了就去。"这是一个"充分"的理由。母亲喂养了二十多只鸡，有老母鸡，有小鸡，还有小猫、小狗，每天都要给它们喂食。

前几年母亲也多次说过，以后不养鸡了，一养鸡养猪，家里就离不开人。但每年开春不久，母亲就和村里人一起，急吼吼地赶到镇上捉小鸡，而且一捉就是二三十只。所以，我断定这又是一句随口"敷衍"的话，"打发"我而已。

今年"五一"假期回老家，我请母亲跟车一起回合肥住几天。母亲说："地里还种了一点油菜，再过一个月就要黄了，等割回来才行啊。"

那天吃过早饭，母亲很有兴致地说："走，没事我带你去地里看看油菜。"我这才知道，母亲在零散的地里种了不少油菜，方圆几百米之内，有七八处，每处都种了一小片。看着长势良好的油菜，母亲很高兴地对我说："不出意外的话，今年能收三百多斤菜籽，能榨一百多斤油。"

一个月后，油菜收割了。我在电话里问母亲："现在闲了吧？"母亲说："农村里，哪天没有一点事？"母亲说的一点没错，油菜、棉花、玉米、花生、山芋、黄豆、芝麻、小麦，一年四季里，它们按照大自然的授意，按时地从母亲的地里长出来，让勤快的人根本闲不下来。母亲总是掐着时节，一天都不闲。

门前的那块菜地，母亲也要每天进进出出几次，弄弄这，整整那，费了不少工夫和心思。

有了门前屋后的这几块地，一年中任何时候，母亲都有脱不了身来城里住段时间的"理由"。时光就这样过去，年复一年。

前天，我打电话给母亲，母亲的声音很嘶哑，近乎说不出话来。母亲解释说："这几天感冒了。"我让母亲赶紧到村里卫生室买点药吃，母亲说："家里还有感冒药，能吃两天。"

村卫生室离家还有三四里路，人生病了就不想动，也舍不得花钱，所以头疼发热什么的，母亲是不会跑去村卫生室买药的，总是觉得扛扛就对付过去了。因此，我常常在回去时，顺便给母亲带上一些感冒、消炎的药物备用，一一交代清楚每一种药物的用量与吃法，并用醒目的数字将"几次几粒"写在药盒上。但即便如此，也很难对症处理。

母亲不识字，记忆力也没有以前好了，有时在我回去的时候，从房间里的某个角落摸出上次我带回去的药盒问我："这药是怎么个吃法啊?"问得我心里很不是滋味。

我在电话里跟母亲说："我们楼下诊所很多，看病很方便，要么干脆我回去接你过来住段时间吧。"母亲连忙说：

"不要，不要，家里的药够吃两天的，吃完了看什么情况再说，感冒，没大事。"

　　临挂电话的时候，母亲突然又想起一件事，急切地说："对了，你下次回来别忘了多带几个油桶回来啊，前天我把家里的菜籽送到镇上榨了，一共三百二十斤籽，一百多斤油，这下有新油吃了。"

　　母亲所说的"油桶"，是指我们从超市买回来的色拉油吃完之后留下来的空桶，五升的容量，装满正好十斤油。母亲知道我特别喜欢吃家里榨的菜籽油，这些年，我每次回去，母亲都会给我提前装上满满一桶。母亲提醒我带油桶回去，估计我带回去的空油桶都用完了。

　　我喜欢吃家里的菜籽油，是因为它特别的香，这种无比浓郁的香味总是无声地滋润着我的心田。

　　这些年，我在城里，母亲在乡下。我常年吃着母亲给我的菜籽油、花生、芝麻、南瓜、辣椒、萝卜、土豆、大蒜，一切时令的瓜果与蔬菜，我都能按时尝鲜。母亲总是找各种理由不愿意来城里住，但母亲在乡下辛勤耕耘得来的果实，却堆满了我城里的厨房，填满了我漂泊的心房。

2020 年 9 月 4 日

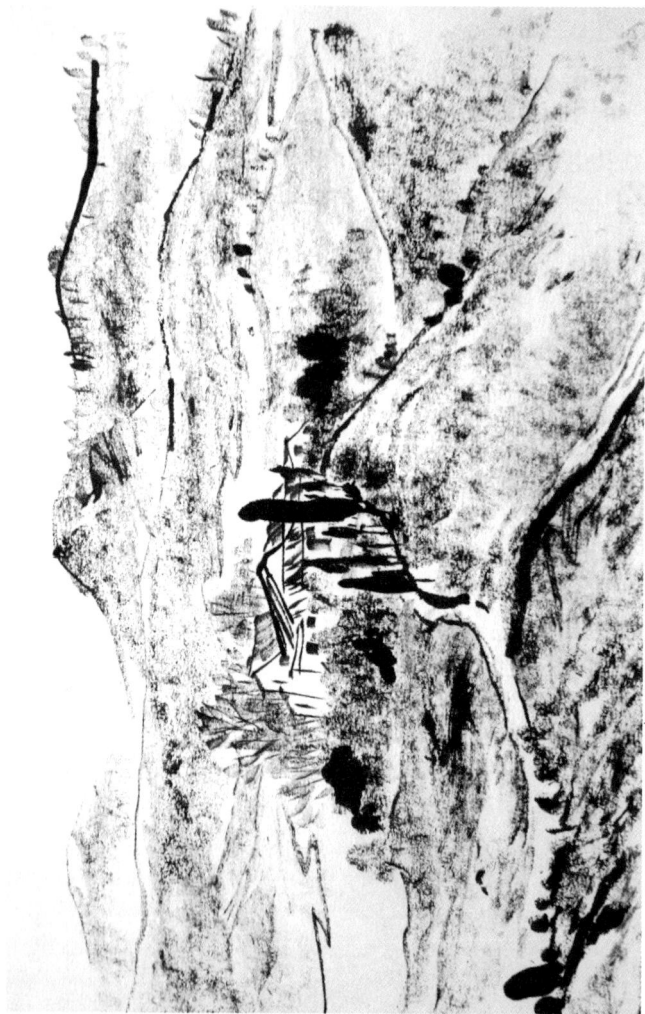

通往城里的山路 汪晓彬画

充满爱的后备厢

　　自从十年前家里有了一辆小车之后，我从省城回老家就方便多了，差不多两个小时就够了。因为有了这辆小车，回去时带点东西也方便了很多。每次回老家，我会去菜市场给母亲买点菜，再到超市给母亲买点零食，都是些母亲菜园地里种不出来的东西。

　　我车子的后备厢很小，东西多的时候，便放不下，副驾驶与后排座位也常常用上了。

　　每次车子停在门口，我从车子里一趟趟往家里搬东西的时候，母亲总是一边帮我拎东西，一边反反复复地唠叨："又买的什么？不是叫你什么都不要买吗？怎么又买了这么多东西？怎么吃得掉哟？上次带回来的东西还没吃完呢。"

我解释说："一年四季，你光吃你种的那点绿叶子菜，是不行的，让你自己买，你又不买。"母亲再说，我就默默的，不接话了。心想买回来了，你总得吃掉、不能浪费吧。

母亲总是这样埋怨我回去时往家里带东西，舍不得我花钱，而我从家里返程回来的时候，哪次后备厢不是被母亲塞得满满的呢？母亲辛辛苦苦在菜地里、田地里种的那点东西，每次都恨不得全塞进我的后备厢里给我带走。

塞进去的这些东西是母亲的一番心意，我领受得越多，母亲心里就越高兴。所以，每次母亲往我车上搬东西的时候，我从来不拒绝，直到放满为止。

一次带回来太多的东西，比如南瓜十个，冬瓜五个，毛豆十多斤，山芋一蛇皮袋，我是吃不完的，但我有办法，与人分享，一人分一点，分享母亲的爱。

这点农产品虽然不值几块钱，但朋友们听说是家里的老母亲种的，都很是喜欢。也许这些农家的东西，也让他们想起自己的老母亲了吧。这不是皆大欢喜的好事吗？

小妹后来有了一辆 SUV 型车，后备厢大多了。最近几次回老家，我都是开这辆车的，就是因为后备厢大，能装，我回去时可以多带些东西，回来时母亲也可以给我多装点。

上次回来时偏偏少装了一样东西，让母亲懊恼不已。

那天返程前，母亲照例给我的后备厢装满了提前就准备好的各种当季的东西。当我回到家里给母亲打电话报平安的时候，电话一接通，母亲就在电话里叹气说："唉，还有一大袋辣椒忘记捡了，一直都记得，最后还是忘记了，往车子里搬山芋的时候还记得呢，一转身就忘记死死的了。"

因为身体的缘故，这些年母亲几乎不吃辣椒了，但母亲知道我喜欢吃，所以每年都要在菜园地里种上一块。

每年夏秋季节，我都要带几回辣椒回来慢慢吃。母亲知道我喜欢吃特辣特辣的那种小辣椒，今年春天，母亲专门找邻居要了点这样的种子，在门口的菜园地里种了几平方米。

前几天，进入深秋后的辣椒快要下市了，一个晴好的天气里，母亲拔了辣椒秆子，重新翻了地，准备种大白菜了。

拔下来的辣椒秆子上，挂满了小小的深绿色的秋辣椒，母亲一一摘了下来收集好，一大袋子，放在冰箱里，准备让我回去时带回来吃，没想到要捡到车里的东西太多了，忘记放进后备厢了。

如此上心的事，最终还是忘记了，所以母亲觉得很遗憾，也很惋惜，从电话里我能听得出来。也许母亲觉得，吃完这最后一茬辣椒，今年就吃不到了。

入秋之后的辣椒渐渐地变小了，颜色变得更加深绿，味道变得更加火辣。记得小时候，家里没什么菜，做午饭前，母亲常常跑到菜园地里摘十几个辣椒回来，简单地洗去浮尘，用剪刀剪成片，用大火烧热菜籽油，将辣椒倒进去，瞬间都能冒出火焰来，放两勺自家做的豆瓣酱，再猛炒几下，就成了一道绝美的下饭菜。只此一个菜，全家人就能轻轻松松地吃下两大碗米饭。虽然每次我们都被辣得嘴唇冒火，嗓子冒烟，舌头直吐，眼泪直流，但又总是让人大呼过瘾，欲罢不能，第二天还想吃。

母亲这么一叹气，一惋惜，也让我觉得，极好的东西浪费了确实可惜。我在电话安慰母亲说："哪天我专门回来拿啊，不会浪费的。"母亲说："算了吧，浪费就浪费了，你回来的油费不知道要买多少辣椒呢。"

母亲哪里知道，菜市场里买回来的辣椒，没有这个辣劲，吃不出让人流泪的味道来。

2020 年 11 月 8 日

数　日　子

　　前天我给母亲打电话说元旦放假可能回来，母亲反复强调说："这几天刚下雪，气温零下十来度，路上肯定上冻，开车不安全，你就不要回来了。"我说："天晴了，气温一上来，就没事的。"母亲又说："今天都十一月十六了，进'二九'，还有四十多天就要过年了，今年'六九'里过年，过年再回来也行。"

　　母亲不识字，家里也没有日历，但母亲能把农历日期记得很清楚，连几"九"第几天都知道。除此之外，二十四节气的日子，母亲也记得很清楚，哪天立春，哪天立夏，哪天立秋，哪天立冬，都搞得一清二楚。每年春节期间在家的时候，我都会听到母亲说："过几天就立春了，天就不会太冷了。"其实，母亲的心里有一本日历，每天都会翻开一页数日子呢。

父亲在世的时候，每年一到腊月，父亲都会从镇上买一本崭新的挂历回来，用一根铁钉，小心地钉在客厅的墙上。挂好之后，父亲还要往后退几步，仔细看看挂得正不正。我们也在旁边帮忙看着，搞得很"隆重"，好像是家里的一件"大事"。

每次挂挂历的时候，父亲都很开心。一本挂历端端正正地挂在了墙上，仿佛来年一家人的好日子都在这里面了。

小时候，我喜欢抢在父亲的前面撕日历。撕日历的感觉很好，那一瞬间，仿佛辞旧迎新，和过去的一天摆摆手，迎接崭新一天的到来。我想父亲应该也会有这种感觉。

有时候，我晚上想起来了，就跑过去撕掉今天的这张，有时候，我是早上想起来了，就跑过去撕掉昨天的那张。有几次早晨，当我把撕掉的日历扔到厨房的柴火上时，正在做饭的母亲急切地说："你怎么又撕掉一张啊？你爸早上刚撕掉一张呢！"慌得我赶紧又弄点稀饭米汤把它贴回去了。

父亲也数日子，和母亲比起来，父亲数得更清楚。亲戚、邻居们农历哪天过生日，哪年过大寿，父亲搞得明明白白。父亲对节日、节气、农谚更是了如指掌，烂熟于心。不光是父亲，村子里的农家人都是这样。

那时候，农村信息不发达，连近期的天气也很难知悉，二十四节气以及由人民群众经验智慧总结出来的农谚便如法宝一般，指导着人们更好地生产与生活。

那些年，和父亲一起干农活的时候，父亲常常跟我说起一些节气和农谚，如"小满前后，种瓜种豆""芒种不种，过后落空""立秋雨淋淋，来年好收成""清明要晴，谷雨要淋""未过惊蛰先打雷，四十九天云不开""夏至有风三伏热，重阳无雨一冬晴""过了小满十日种，十日不种一场空""清明早，小满迟，谷雨种棉正适时"等等，很多很多。直到现在，我还记得不少，有时候还能适时地想起几句来。

古语云，"夏至三庚入伏，冬至逢壬数九"。"三伏"与"数九"是农家人比较难熬的两段日子。"三伏天"出现在小暑与处暑节气之间，三十天或者四十天，是一年当中气温最高且又潮湿、闷热的日子。"数九天"从冬至节气开始，每九天算一"九"，一直数到"九九"八十一天，"九"尽桃花开，天气就暖和了。

夏天的时候，母亲常在电话里和我说，哪天就要入伏了，今年伏天是多少天，哪天就要出伏了。入冬了，母亲又开始和我"数九"了。"一九二九不出手，三九四九冰上走，五九六九沿河看柳，七九河开，八九燕来，九九加一九，耕牛遍地走"，这首"数九歌谣"我打小就从父亲和母亲那里学会了。

有一年春节期间，我问母亲："都五九六九了，天气怎么还这么冷，冻手冻脚的。"母亲说："冷不了几天了，古话说得好，'七九六十三，行人把衣单''八九七十二，猫狗阴处坐'。"这么生动形象的谚语，能给人温暖、希望、信心和安慰，我感觉比给我一个火桶的效果还要好。

千百年来，"三伏"也好，"数九"也好，都是朴素的劳动人民为挨过漫长暑天、冬季发明的打发时间、缓解酷暑与严寒威胁最好的心理防御与消遣方法。在广大劳动人民的心里，只要熬过了炎热的三四十天，凉爽的秋季就不远了，只要熬过了冬至后的九九八十一日，暖和的春天就一定会到来。农家的日子就这样数着数着而美好起来，数着数着，最难挨的苦日子也能悄悄地过去。

快到年关了，母亲更加仔细地数着日子，这是在盼着过年了。一年到头，村子里都比较冷清，只有过年的时候，在外头务工的人们才从天南海北、四面八方赶回来，村子里才热闹一阵子。

日子红红火火、热热闹闹的，这是辛苦忙碌的老一辈农村人共同的愿望。村子里常年都是由年迈的老人守着，母亲也是常年一个人在家。快到年关的时候数着日子，老人们的心情也会愈发欢快起来。

受父亲和母亲的影响，这些年，我也常常数着日子，也关注月亮的圆缺，关注节气的轮转，关注由此而带来的气候与大地的变化。节日、节气、谚语和农业生产密切相关，和我记忆中熟悉的农村生活息息相关。

不知怎的，常常数着数着，我便有着一种难以言说的感慨：时光如水，轻轻地流逝，从不停息，又美好，又抓不住。

2021 年 1 月 3 日

灶　台

　　老家低矮的厨房里有一方灶台，面积不大，两三个平方米。从我记事时起，它就坐落在那里，静静地，没有挪动过地方。

　　小时候，灶台和房子一样，是用稻田里的泥土做的土坯砌成的。很多年后，家里盖了砖房，灶台也一起改成砖砌的了。就在几年前，母亲又请人将陈旧的灶台重新修葺了一番，时间久了常常掉灰的烟囱也换了，台面显得干净清爽多了。

　　农家杂树和竹子很多，柴火也就特别多，所以至今也少有人家用罐装液化气做饭的。一日三餐，家家便离不开这土里土气的灶台。做饭的时候，扑鼻的香气就从这里飘荡出去，和袅袅的炊烟糅合在一起，弥漫在村庄的上空，久久地散发着浓郁的烟火味。

谁家今天烧了什么好吃的，是瞒不住人的，这诱人的香气早就透露了消息，一会儿就有人过来看热闹："你家今天来客了？是不是有亲戚来了？是不是新女婿上门啊？"大家热情又好奇，遇上这等喜庆的事，都要凑过来看个究竟。

我从小就和家里这方灶台有着千丝万缕的联系。小时候，母亲常常在做好饭菜后，看灶洞里的稻草还红火着，就从地窖里拿出两三根山芋，严严实实地埋在里面。

待到半上午或者半下午的时候，我们就把它们从青灰里掏出来，剥去油亮发焦的皮，吃着黄澄澄、香喷喷的山芋，感觉软酥酥、甜丝丝的，别提有多满足了。有时候，遇上火大了，或者一心贪玩忘记了，没有及时掏出来，山芋就会烤成了黑炭一般，我们剥去乌黑乌黑的外壳，里面仅有的一点瓤子吃起来有点发苦，但我们也照样吃得津津有味，常常弄得一脸的黑灰。

逢年过节或是家里来亲戚的时候，母亲还会把藏在橱柜底下的陶罐拿出来。罐子很旧，缺了口，盖子上落满灰尘，母亲将它里里外外刷洗干净，放点鸡肉和骨头进去，埋到灶洞里煨着，给我们加加餐或者留客人吃碗鲜美的汤面再回去。这便是那时生活最好的表现形式了，我们总是盼着这样的日子越多越好。

　　小时候，母亲总是让我在灶下烧火，她在灶台上做菜，母亲一会儿让我调成大火，一会儿又让我调成小火；如今我再回老家的时候，我让母亲在灶下烧火，我在灶台上做菜，我一会儿让母亲调成大火，一会儿又让母亲调成小火。

　　闲聊中，母亲说我现在的厨艺比她好多了，我和母亲开玩笑说："我在大城市里的饭店吃过、见过的多了，当然厨艺就高了，什么时候也请你到大饭店里吃一回啊。"母亲不屑地说："饭店里的东西有什么好吃的，都是作料堆起来的，全是一个味道，而且搞不懂为什么什么菜都放辣椒，辣得人淌眼泪，你结婚那回到大饭店里吃饭，一桌子菜，个个味道重，我一点也吃不下，都不知道吃点什么好，干看着。"

　　我只好苦笑着对母亲说："下次到饭店里，给你点几个口味清淡的菜吃吃。"母亲笑着说："你省省吧，我可吃不惯，还不如我自己在家里一个人搞点吃的舒服。"

　　回忆起来，这么多年，除了我结婚那次，我还真的没有带母亲上过饭店里吃饭。母亲口味很清淡，而且很挑食，油一点、咸一点、辣一点的，母亲都不吃，稀奇古怪的东西，母亲更是不沾边，荤腥的也基本上不吃。

　　母亲前些年在城里给我带孩子时待过一段时间，这期间，母亲经常跟我说："用液化气做饭很不习惯，一开火就要钱，有时候还忘记关火，水壶底都烧红了，吓死人的，哪有老家灶台烧柴火好？家里柴火一大堆，一分钱都不要，饭菜做好了，灶台中间罐子里的水也就烧开了，还有青灰可以肥地，冬天还能掏点火煜手烘鞋，多好呢。"

母亲似乎能一口气说出农家灶台的一百个好处来，可我也没有办法给她造出一个。孩子上小学了，母亲就希望能回老家住，我也满足了母亲的愿望。

农活不忙的时候，母亲就在门前砍柴，折树枝，储备了一堆又一堆的柴火，厨房旁边的小屋子里放不下了，就堆在门前，用塑料薄膜蒙得好好的，可以一年又一年地用。我们很多年前给母亲买的罐装液化气灶，就成了厨房里的摆设，一年到头母亲也难得用上一两回。

母亲不想在城里住，我就常回老家看看母亲。在家里，可以烧土灶，吃土菜。不只是母亲，我也很喜欢这样的生活：一方两三平方米的灶台，两堆拾掇整齐的柴火，几袋有机稻米和小麦，一点油盐和酱醋，还有一壶淡淡的山野清茶。

2021 年 8 月 18 日

捉　小　鸡

　　打春之后半个月，便是雨水节气。母亲在乡下生活，前段时间在电话里跟我说，雨水之后，天气就渐渐地暖和起来了，庄子上开始有人到镇上去捉小鸡回来养了。

　　农家人一年四季都谨守着二十四个节气安排农事与生活。每年雨水节气之后，庄子上相邻的农妇们便约好一起，去八九里路之外的镇上捉小鸡。

　　卖小鸡的竹篮子在路边排成一排，每个篮子里都聚集着成百上千只毛茸茸的小鸡苗，有经验的人会从中挑选出那些没有残疾、眼睛乌溜、毛色均匀、叫声响亮的来，抓到自己的小篮子里，然后按只数付钱。特别有经验的人还能大体上分出公母来，一二十只小鸡苗只搭配着两三只公鸡；若是没有这个本领，糊里糊涂的，公鸡抓多了，回去养就不合算了。

幼小的鸡苗捉回来之后，放在自家门前的竹笼子里关养十天或者半个月，待它们适应环境、硬实一点之后，便放出来，任它们在门前屋后自由活动了。

雨水与惊蛰前后，江淮地区气温开始快速上升，大地回暖，小草发青，几声春雷之后，地里的小虫子也苏醒了，刚爬到地面上来，便成了小鸡们的美食。

农家散养的鸡苗长得很快，到当年六七月份的时候，小鸡就长到一斤多重了。每年到这个时候，父亲常常一边给鸡喂食，一边指着壮实一点的大花公鸡笑呵呵地说："嗯，这个有一斤多了，可以吃了。"

农历七月半这天是民间的"鬼节"，也是初秋时庆贺丰收、酬谢大地的日子。稻子刚刚成熟、收割回来了，人们用新稻米煮成的米饭、一只小仔鸡和一些其他的贡品，恭恭敬敬地祭祀先人。敬祖尽孝，慎终追远，这是农家人的一种纯朴不变的信仰，年年如此。

到了八九月份，成熟了的母鸡就要下蛋了。新养的小鸡开始下蛋，这是农家人很高兴的事。农家人养十几只小鸡，不是为了卖钱，而是为了常年都有新鲜的鸡蛋吃。

母亲在去年雨水节气之后捉回了二三十只小鸡养，现在家里还有二十多只老母鸡，所以我在电话里让母亲今年就不要再捉鸡苗了，毕竟养多了也是费神的事，但不知道母亲能不能禁得住邻家大娘的吆喝。

　　母亲很勤快，门前种了很多菜，自己只吃得下一点点，剩下的都是用来喂鸡的。地里按季节种的南瓜和山芋，大多也是用来喂鸡。

　　有一次我回老家，看见母亲煮了一大锅山芋，我疑惑地问一次煮这么多怎么能吃得下去，母亲笑着说："一会揣碎了拌米糠喂鸡，哪是人吃啊？"我赶紧拿出了几根，当即吃了两根，还留了一些当午餐。母亲这些年种的红心山芋，特别香甜。

　　每次我们回家，母亲一说要杀一只老母鸡给我们吃，我就有点害怕，极力阻拦。我本来就不爱吃荤腥，自家养大的小鸡，就更不忍心杀掉吃了。我常常劝说母亲，就这样一直留着它们生蛋多好啊。

　　我曾问过母亲家里这些母鸡一天能下几个鸡蛋，母亲告诉我，秋季最多时一天能捡十几个鸡蛋。我能想象得到，每天傍晚的时候，母亲在鸡窝里收拾那些还有些温度的鸡蛋，一定是件开心快乐的事情。

　　母亲总是在给我积蓄家里的土鸡蛋，我每次回来，母亲都要给我带走一两百个。土鸡蛋，我们那里也叫"柴鸡蛋"，或许是因为这些老母鸡很喜欢在柴火堆里扒草觅食的缘故吧。

母亲一直认为家里的柴鸡蛋比城里买的洋鸡蛋营养好，小孩子吃了好长身体，所以自己吃不完也不愿意卖掉，而是用纸箱子装好，留着给我。我粗略估算了一下，我一年差不多从家里带回来一千个鸡蛋。这一千个鸡蛋，是母亲一个个从鸡窝里捡出来的，母亲每天在捡鸡蛋的时候，说不定都能想起我呢。

小时候，我经常看到一只老母鸡带着一群小鸡，在门前屋后的空地里找食物吃。那时候，各家各户都是用自家的老母鸡和鸡蛋来孵化小鸡；现在很少这样了，家家都是在春季的时候，直接到镇上买些鸡苗回来养，这样省了很多心。

时光已悄悄走过很多年了，但有些画面还历历在目：老母鸡为了保护一群小鸡，不要命地跟家里的小狗和小猫干架；几只小鸡慌着跑路，一头栽倒在地上打滚，一时爬不起来；傍晚时分，母亲发现还有两只小鸡没有回来，让我们分头去找……

这些年，庄子上的人大多都外出务工了，住在庄子上的人家少了很多，我们的束家园平日里也只有三户人家了，庄子上的小鸡自然也少了很多。回老家时，有时偶然看到一只大公鸡在竹园里耀武扬威地走着，我就忍不住拿出手机来对着它拍几张照片。

一只老母鸡气定神闲地走在前面，一群小鸡慌慌张张地跟在后面，叽叽喳喳地叫个不停，或者一只雄赳赳的大公鸡，悠闲地站在门前的草垛上，旁若无人地打着鸣，这些该是乡村里一道渐渐远去的风景了。

2023 年 3 月 4 日

陪　　伴

中秋小长假我回了趟老家，十来天后，又赶上国庆长假了，没有特殊事务安排，我又毫不犹豫地决定再回老家过几天。孩子假期作业很多，我便一个人驾车出发了，这倒是更让我安心，免得大家都跟着堵车受罪。

家里的小黑狗突然朝门外轻轻地吠了几声，母亲就从家里走出来了。由于没有提前电话告知母亲，所以突然见到我时，母亲还感到有点意外。母亲笑着说："前几天你们才回来，我以为你这次不回来了呢。"我也笑着说："放假了，没什么事，回来住几天，看看能干点什么活啊。"母亲说："天天在家耍哟，哪有什么活要干呢？"

金秋时节，稻子黄了，豆子熟了，门前的桂花开了，农家的大地上处处呈现着一片丰收祥和的景象。我回老家来，主要是陪伴母亲，也是因为我实在是喜欢这片刻在记忆深处的乡土。

平日里，母亲常常跟家里的小猫、小狗和小鸡说话："这是给小猫吃的，小狗你不要抢！""这么好的青菜叶子、玉米粒子，你们都不吃，想要吃什么！"母亲说着，它们听着，自顾自的。这几天，我可以陪母亲吃吃饭，走走路，干点活，也可以好好与母亲说说闲话了。

家里没种稻子，但母亲在田间地头种了不少黄豆、红豆和油菜，整天也忙个不停。这几天的天气还特别热，出现了往年同期少有的三十六七度的高温。当我提出和母亲一起去地里砍黄豆的时候，母亲说："豆子还没熟透呢，让它再养几天，你没事在家里看看电视啊。"母亲这样说，我自然也就信了。

傍晚时分，我发现母亲蹲在门前的稻床上，小心地在用棒槌敲打着一大堆黄豆秆子，我惊讶地问母亲："这是什么时候搞回来的啊，不是说还没熟透吗？"母亲说："我没事干，挑一点先黄了的搞回来。"

实际上，这几天母亲就是这样化整为零，早早晚晚一个人来来回回地跑了几十趟，把几块地里的黄豆都搞回来了。面对我的"质问"，母亲解释说："我是没事到地里逛逛，顺便带几棵回来的。"黄豆弄回来之后，母亲又立马忙

着在地里种油菜了，翻地，打宕，施肥，撒种，一天都不
耽搁，生怕误了时节。

活是没干上，我倒是实实在在地为母亲烧了几天的饭。
这一日三餐，都是母亲在灶下烧火，我在台上做菜做饭的。
我们生活很简单，我和母亲都不喜欢吃大荤的菜，我们常
常用青辣椒炒一盘现剥的嫩大豆，再炒一盘刚从门前园子
里弄回来的青菜、莜麦菜，或者韭菜、空心菜，再配一点
家里的鸡蛋就行了。食材简单，但味道鲜美得很，让人心
情大好。

晚饭之后，我陪母亲散散步。村子里四面八方都修了
水泥路，也装了路灯，不再像从前那样，一到天黑，外面
什么都看不见了，只能缩在家里，为了省点煤油，常常早
早就睡觉了。

这几天晚上，我陪母亲有意地选择东西南北四个不同
的方位走一走，一是有个新鲜感，二是因为我常年不在家
里待，对村子周边的状况并不太熟悉，常常把庄子的名字
都搞混淆了，所以我也想请母亲和我随意说一说。

这几天天气晴好，白天酷热，但晚上很是凉爽，毕竟
是仲秋时节了。满天繁星，萤火虫不时地从草丛里飞出来，
庄子上的桂花飘来一阵阵的香气，陌生的小狗时不时象征
性地朝我们叫上几声。

我们一路慢走，一路闲聊，母亲一一为我介绍庄子的

名称和庄子上的人物，谁人嫁到这个庄子上了，又是谁人从这个庄子嫁到我们庄子上了。我是前面听着，走一段路就给忘记了，于是，下次散步走到这里时，我们又聊起这些闲事来，所以便有着说不完的话。

散步回来，我陪母亲一起看会儿电视。家里的大房间里并排有两张床，我和母亲各自斜靠在床头，一边闲聊，一边看电视。我在城里几乎都是夜里十一二点钟才睡觉，而母亲一个人在老家，常常七八点钟就睡下了。所以，与其说是我陪母亲看电视，不如说是母亲陪我看电视呢。

不一会儿就听见母亲那边传来轻轻的打呼声，我知道母亲睡着了，也许是生活习惯这样，也许是白天干活太累了。我把音量调得很小，突然母亲又和我说起电视里的故事情节来，看来母亲睡得很浅。

那天晚上，我们在看农业频道的一档种植节目时，母亲说："你表娘菜地里现在一根菜都没有，天天要买菜吃，她前阵子把除草剂当杀虫剂喷了。"我情不自禁地笑了起来。

母亲说："你看，不认得字真是不行！"母亲一边说着，一边赶紧把床底下的一盒灰蒙蒙的药剂拿了出来，递给我说："你帮我看看我这杀虫剂可过期了，过期了怕就无效了。"

我接过来一看，又情不自禁地笑了：这哪是杀虫剂啊，这是"硫酸庆大霉素注射液"，是给小鸡打针抗菌消炎用的，而且过期很多年了。母亲说："幸亏让你看了，否则我这也误事了。"

这个长假，我和母亲彼此陪伴着，一起吃喝住行，相互温暖着、快乐着。

2021 年 10 月 10 日

编后记

绿叶对根的情意 | 那时青荷

　　白露时节，一个秋高气爽的日子，窗外的阳光温暖而明亮。我就着一杯绿茶的清香，打开散文集《故乡风月》的书稿，目光留连于字里行间，一种久违且美好的心情，云水一般油然而生。

　　故乡是一个人生命开始的地方，每个人的心中，都有这样一个魂牵梦绕的处所，无论是置身车水马龙的街头，还是夜深人静之时，都会莫名想起。于长兵老师而言，这个地方就是束家园，一个位于安徽省枞阳县麒麟镇的村庄。那里山清水秀，风月依然，有茂林修竹、远畈平畴，有农家小楼、袅袅炊烟，有狗吠深巷中、鸡鸣桑树颠，有勤劳善良的亲友乡邻、如梦如烟的岁月往昔……不得不说，很久没有读到如此朴实无华的文字了。长兵老师坚定地从本心出发，深入村庄和乡土的内核，以温情细腻的笔触，展开行云流水般的叙述，进行一场自我的心灵之旅，实现一种深度的情感回归。

我们每一个人，对故乡都有着深深的眷恋和不舍。故乡不仅是一个地理概念，更是一个充满故事和温情的精神家园。故乡是祖祖辈辈生活的地方，是永远的生命之根，承载着无比珍贵和难忘的过往。故乡是一个浓缩的世界，世界是一个辽阔的故乡。每个人的故乡，都是一部厚重的史诗，写满了命运的阴晴圆缺，蕴藏着人生的悲欢离合，交织着岁月的酸甜苦辣，诉说着淳朴的风土人情。

合肥工业大学出版社精心打造的这本《故乡风月》，不仅深情地追忆着故乡的旧人旧事，勾勒出故乡的诗情画意，也打捞着那些悄然流逝的光阴，见证着生命缓慢成长的过程，还深刻地诠释着我们曾经的生活，给予我们一种完美的阅读体验，为我们提供了一种原生态的心灵滋养。

感谢知名图书策划人疏利民先生，诚挚地向我推荐这部书稿，让我在编校过程中，深切感受到本书的生命温度和情感深度。且看从故乡风月有谁争，到倚月思乡月无言，从羁人又动故乡情，到却恨莺声似故山，从望极天涯不见家，到明年春水共还乡，每一章都是对故乡诗意地素描，每一页都是对岁月深情地吟唱，无不让人沉浸其中，倍感熟悉和亲切。诚如刘为民先生在推荐序中所言："《故乡风月》描述的绝非一个具体村落的物理存在，也非单单对思乡之情的直抒胸臆，它的可贵之处恰恰在于对乡土文化、村庄文化、农耕文化的深入思考，而这种思考对于闹市喧嚣中的我们，无疑会带来有价值、有意义的启示。"

每个人心中都有一条路，通向远方，连接故乡。我们无论走到哪里，身在何方，都无法不经常想起故乡这片热土。因为这里有我们的亲人、老屋和家园，有我们的过去、现在和未来，有我们生命里如影随形的印迹、刻骨铭心的挚爱和挥之不去的牵挂。年复一年的时光，可以让白云变成苍狗，让沧海换作桑田，而那往事的吉光片羽，却清晰如昨，历历在目，闪耀着动人心扉的光芒。

长兵老师在《想念那碗排子面》中，有段话让我印象深刻，梦回当年："或许，岁月不仅仅模糊了我们的记忆，还模糊了我们年少时那颗澄明透亮的心。我想念那碗排子面，也是想念那段岁月，岁月里那些物，那些事，那些人。我知道，它们已经远去，不会再回来了。"在《父爱是山》中，他又如此娓娓道来，耐人寻味："在我看来，母爱就如水一般，静静地浸润着我们柔软的心田，常年流淌，白天黑夜，从不停歇……而父爱呢，那是山，一座很高很高的山。从我出生的那一天起，它就一直矗立在那里，岿然不动，却蕴藏着无穷的力量。"还有《城里乡下》中这样的描写，更是让人热泪盈眶："这些年，我在城里，母亲在乡下。我常年吃着母亲给我的菜籽油、花生、芝麻、南瓜、辣椒、萝卜、土豆、大蒜，一切时令的瓜果与蔬菜，我都能按时尝鲜。母亲总是找各种理由不愿意来城里住，但母亲在乡下辛勤耕耘得来的果实，却堆满了我城里的厨房，填满了我漂泊的心房。"

如果说鲁迅笔下的绍兴、莫言笔下的高密、汪曾祺笔下的高邮、刘亮程笔下的黄沙梁，都可谓中国式故乡的一个个文学缩影，那么长兵老师笔下的束家园，也不失为中国式乡村的一种真实写照，抑或说中国式家园的一份自然呈现。这一幅幅对故乡的素描，一首首对岁月的吟唱，仿佛一股清澈的涓涓细流，从心底缓缓流淌出来；又好似一片乡间小径上的晨露，带着草木的气息和月色的清凉。所有的一切，因饱含深情而让人动容，因朴素本真而诗意悠远，如此，生命便厚重起来，也精彩起来。

我和长兵老师是同乡，我的故乡会宫镇距离麒麟镇不远。相同的民风民俗，相近的童年时光，相似的生活经历，相通的故园情怀，让我在阅读的过程中，不仅有种纸上还乡的精神体验，而且有种声气相求的心灵共鸣。不管是卖零人的吆喝声、村庄里的年度盛宴、消逝的乡村电影，还是农家的豆酱、麒麟集上的鞋底板、外婆的黑芝麻糊、又大又甜的汤圆，抑或山芋的香甜、排子面的鲜美、父亲身上散发的烟味、门前母亲的菜园地，都是故乡的原风景，都是游子心头浓浓的乡愁。

关于故乡和乡愁，诗人席慕蓉曾如是写来："故乡的歌是一支清远的笛，总在有月亮的晚上响起。故乡的面貌却是一种模糊的怅惘，仿佛雾里的挥手别离。离别后，乡愁是一棵没有年轮的树，永不老去。"在人生山长水阔的旅程中，倘若永不老去的乡愁是一棵没有年轮的树，那作为游子的我们，从少小离家到乡音无改，从独在异乡到每逢佳节，从村庄往事到故乡风月，那生命中的一呼一吸，那灵魂里的五味杂陈，那心坎上的千言万语，都是那生生不息的绿叶吧。

亲爱的读者朋友们，当你读完这本《故乡风月》轻轻掩卷时，心头会涌起怎样的情愫呢？都说风是故乡暖，月是故乡明，水是故乡甜，人是故乡亲，这是一份不解的情缘，根植于我们的心灵深处，融入了我们的血脉之中。而每一段真诚地书写，每一次安静地展读，每一度温暖地回望，每一回深情地返乡，既是生命的需要，也是精神的洗礼，更是绿叶对根的情意。

作者简介

那时青荷，原名黄琼会，生于枞阳，现居合肥。中国作家协会会员，第八届安徽青年作家研修班结业。曾获伯鸿书香奖、铜陵文学奖、方苞文学奖、2023 年度皖版好书等奖项。著有畅销书《我看唐诗多繁华》《我见宋词多妩媚》《跟着节气去赏花》等。

读后感
永不荒芜的精神家园 ｜ 潘荣妹

　　我是一名坚定的阅读者，无论多忙，每天我都会进行至少一小时的阅读，这个习惯已坚持多年。一般情况下，一本书我只读一遍，可苏长兵老师的《故乡风月》我却读了两遍。第一遍是带着任务去读的，承蒙苏老师信任，他认定我是个认真、细心的读者，让我给他的书稿"把把关"，结果我把注意力都放在纠错上了，故一遍读下来，感触不是特别深。此后，该书的责任编辑疏利民老师又把定稿发给我，第二遍，我才算真正地"品读"，这一读，引发了我的深度共情，激发了我的万千感慨。

　　从文学的角度来看，这本书带有浓厚的乡土气息和鲜明的地域色彩，属于典型的乡土文学。全书所述不外乎故乡的人、事、情，在乡风民俗、田园生活、童年回忆、情感联络等方面着墨较多。作者的故乡是安徽省枞阳县麒麟镇一个叫束家园的村庄，那片养育他的故土既有物质属性，又有精神特质，既是生他养他的地理家园，又是让他眷恋的精神家园，是一片能安放灵魂的栖息地。正因如此，它才融入作者的血脉中，刻进他的骨髓里，成了他那独一无二的基因密码。作者虽离开故土二十余年，但与它仍有着千丝万缕的联系，那斩不断的情丝、那挥不去的乡愁、那冲不淡的记忆、那浓得化不开的亲情，都变成一句句饱含深情的话语，汇成一篇篇朴实无华的文章，最终结集成书。它内容充实，字字含情，拿在手上沉甸甸的，读之让人欲罢不能，细细咀嚼，回味无穷。

我想，不论从哪个方面来看，这本文集的出版都是有意义的。它为乡土文学增添了一本厚重的文学作品；它是作者用来纪念故乡束家园过往的心灵手册；它是作者与亲友们共同怀念难忘岁月的备忘录；它能触动读者的心弦，能引发深度共鸣，像蓄满乡情乡愁的笔记本。

作者不是第一次结集出版作品了，可这是他人生中的第一本乡土文学作品。虽说当代文坛不缺这类作品，但能触人心弦、引人共鸣的作品不见得很多。作者自己坦言，这是他用心、用情写就的文集，这样一本文字质朴、内容真切、情感真挚的作品怎么可能不打动人呢？作者写淳朴的民风——借米借盐借鸡蛋，"做弯"，送"祝面"；作者写父老乡亲恪守的习俗——初一不出门、初二拜新灵、七月半备三荤三素祭拜祖先，这些都具有鲜明的地方色彩，是留在那片故土上的印记。作者写"流动的超市"——卖零，写算命的先生、上门剃头的师傅，无不打上了时代的烙印。时过境迁，故乡再也见不到这几类人的身影了。作者写拓土墼、盖土墼屋，写盗花生、拾稻穗、割猪草、捡牛粪、铲草根、笆松毛、放牛等陈年往事，它们清晰如昨，可物是人非，尽管故乡仍在，但如今那些情景已难得一见，或者干脆再也不见了。作者写又大又甜的汤圆、糖溜蛋、排子面、鞋底板、豆酱、黑芝麻糊、烂萝卜、煨罐，这些都是故乡的味道、童年的味道、外婆的味道、妈妈的味道，让人唇齿留香、永生难忘。作者写滚铁环、抓石子、跳皮筋、抽陀螺、打火柴皮，这些游戏都成了美好的童年回忆，给儿时的作者带来无穷的乐趣，让他念念不忘。作者写村民们在一起乘凉，一群人去村外看电影，被老师留下来不给回家吃饭，盼望家里来亲戚，这是那个时代孩子们的集体记忆，既是美好的，又有那么一点无奈或心酸。如今，它们都成了甜甜的回忆。

　　作者写的是那个年代自己在束家园的亲身经历，也有当时，抑或后来的所见所闻、所感所想，细细想来，他笔下的人、事、景、物、情又不独属于束家园和他自己，它们也出现或发生在我们的村庄，它们属于无数个像束家园一样的村庄，属于与作者共鸣共情的你我他。凡是生于那个年代，长于那样的村庄、那样的家庭的中年一代，都有着共同的记忆，都有着相似的童年经历，尽管离开故土漂泊在外多年，但他们仍深深眷恋故土，或浓或淡的乡愁总是挥之不去。尽管故乡面貌大有改观，尽管故乡早已物是人非，尽管"柿子树没了，火红火红的乌桕树也没了，开着满树雪白花儿的老洋槐树也没了"，但记忆中的故乡依旧如故。尽管许多亲人都相继离去，再也见不到外公、外婆、小母舅和父亲等亲人了，但关于他们的往事仍历历在目，作者对他们的深情不会因时间的流逝而淡薄。我读的是作者的故乡风月，但我感觉许多地方他是在替我写，写的是我的故乡风月。作者的喜怒哀乐，作者的无奈和心酸，作者对故土亲人的眷恋和依恋，作者笔下的一草一木，湖泊河流，田野庄稼，都寄寓了我的乡愁、我的情感，牵动了我的神经，触动了我的心弦，令我感慨万千。

我跟苏老师都生于二十世纪七十年代，年纪相仿，又是同乡，我们有着相同的出身、相似的童年经历，又都是漂泊在异乡的游子，故他的文集最能引发我的共鸣共情。它向我再现了一个个特写镜头，我像午夜梦回那片故土，重温故情、再见故人一样，倍感亲切。它撩动了我的情思，让我的心情久久不能平静。读着读着，我好像看到了袅袅炊烟，好像闻到了泥土的芬芳，好像听到了鸡鸣狗吠。一切都还是记忆中的模样，可事实上，故乡已面目全非。尽管土路变成了水泥路，茅草房子、土墼屋变成了高楼大厦，乡村的暗夜被路灯照亮，不再漆黑一片了，可人呢？学校呢？曾经那么热闹的村子变得寂静了，青壮年纷纷外出务工，留守在村子里的多是老人。正如作者所言，带一包香烟在村子里转一圈也递不出去几支。村子里曾经那忙碌而又闲适的景象早已不会再现，故乡情景难再，漂泊在外的我们都成了孤独的游子！作者叹息村办小学的学生越来越少，而我的母校已经关停了！每想到此，我也跟作者一样怅然若失，我也发出像他一样的感叹：有些东西，谁也留不住！

甭说人了，即便是牛和猪等家畜在村子里也难得一见了，鸡鸭鹅成群的景象仅留存记忆中。拿作者的话说，现在的农村是"一分繁华，九分落寞"啊！这与游子心目中的故乡落差太大了！在写记忆中的柿子树、乌桕树和老洋槐都消失了时，他这样写道："这是它们的命运，也是故乡的命运，这也是我的命运，它们注定要从我的记忆里消逝！"读到这里，我的心情是沉重的，我仿佛听到了作者那心有不甘的叹息声。我的感受跟作者的一样：也许有些东西必然会被改变，迟早会消失，这是时代使然，不为人的意志所左右。

然而，不管故乡的面貌发生了怎样的变化，不管多少故人已离去，哪怕他们已与那片故土融为一体了，可我们的记忆却永不褪色，我们对故乡的眷恋永远依旧，我们不会忘记发生在故去的亲人们身上的往事。哪怕"未来有一天，那里真的会只剩下一个人，真的成了一个人的村庄，甚或一个人都没有"，但我确信，它永远也不会消逝。这是为什么呢？我想，这是因为故乡是我们的根之所在，我们的血脉里流淌的血液始终属于那儿。它是我们的精神原乡，是根植于我们记忆深处、心灵深处的精神家园，是一片永远不会荒芜的精神家园！它是我们漂泊的心灵得以停靠的港湾，它是我们游走的灵魂得以安放的栖息地。它深深地刻进了我们的每个细胞里，我们对那片土地爱得深沉！只要我们在，那片精神家园就始终郁郁葱葱、生机勃勃！

作者简介｜潘荣妹，网名亲亲宝贝，原为枞阳县钱铺中学教师。文学硕士，自由写作者。